g. m.

short

**bitterböse
Shortstorys**

ISBN 3-8330-0079-1

in Liebe
für meine Frau Helga

**die diese Storys
überhaupt nicht mag
was ihr nix nützt**

Inhaltsverzeichnis

Einleitung

g. m. präsentiert bitterböse Shortstories und verpackt launig darin Zeitkritik, herbe Zeitkritik.

Es ist herbste Zeitkritik.

g. m. passt sich nun langsam der neuen deutschen Rechtschreibung an.

g. m. kann nur wenig geistigen Sinn in der 'deutschen Rechtschreibreform' erkennen; darin ist er sich nach langen Recherchen auch mit dem Duden-Verlag einig.

Pardon, diese Bemerkung gehört doch hier eigentlich gar nicht hin, oder doch?, er schreibt Wörter wie er Wörter empfindet! und diesen Stil lässt sich g. m. als Splatterpunker wirklich von niemanden nehmen.

Eine Story in diesem Buch ist vollständig geklaut. g. m. findet diesen Artikel so hübsch, dass er ihn in sein Buch einfügt, er könnte von ihm sein. Copyright hin Copyright her, Zitate hin Zitate her.

g. m. veranstaltet nun mit Ihnen, lieber Leser, ein Ratespiel: Was ist echt g. m., was ist von g. m. geklaut? Diese Frage hat den Schwierigkeitsgrad wie: Was wäscht weißer als weiß? Welches Klo-Papier ist nun wirklich das Weicheste.

Nun los nennt g. m. das und wünscht dem Leser ausdrücklich kein Vergnügen beim Lesen, es sei denn er hat einen ähnlichen Humor wie g. m..

Automatisch töten

a ist es langsam und endgültig leid!
Nach dem 27. Einbruch in die Räume seiner Frau oder seine eigenen, die Einbruchsversuche zählt *a* schon längst nicht mehr, ist *a* diesen Unsinn endgültig leid.
a kann es sich nicht abgewöhnen die Vorgänge 'Einbrüche' zu nennen.
Das deutsche Recht kennt im Gegensatz zum Sprachgebrauch den Straftatbestand 'Einbruch' nicht.
Einbruch-Diebstahl nach § 243 StGB gibt es und Hausfriedensbruch nach § 123 StGB ist aufzufinden.
a bleibt bei seiner Sprechweise und nennt das Einbruch, wenn Fremde in seiner Abwesenheit in seine Räume gewaltsam eindringen. Das gilt selbstverständlich auch für, wie nennen die sich? Staatsvertreter. Vertreter sind Hausierer definiert *a*.
Es ist endgültig Schluss mit den Verlusten.
a ist es endgültig leid immer teurere und angeblich sicherere Schließzylinder zu kaufen.
a ist es endgültig leid, dass andere in seinen Räumen rumschnüffeln.
a ist es endgültig leid von seinen Versicherungen kaum je mehr als einen Pfennig überwiesen zu bekommen, er kann ja nicht beweisen, dass etwas gestohlen wurde, gegen Hausfriedensbruch ist *a* nun mal nicht versichert.
a ist es endgültig leid sich dauernd mit Idiotenbullen rumzuärgern.
a ist es endgültig leid pünktlich auf den Tag genau 3 Monate nach einem Einbruch von der Staatsanwaltschaft so eine alberne Mitteilung auf einem albernen Formblatt zugestellt zu bekommen :
"Der/die Täter/(in)innen konnten nicht ermittelt werden. Daher ist das Verfahren eingestellt worden."
Letztlich dokumentiert die Exekutive lediglich ihre Unfähigkeit.

a ist es endgültig leid.

Er kündigt seine Versicherungen. Er kann und will nicht weiterhin die Gilde der ehrenwerten Einbrecher durch seine Versicherung finanzieren, und *a* begreift langsam, dass Kaufleute und Diebe denselben Schutzpatron Nikolaus verehren. *a* grinst und denkt an den 6. Dezember.

Nur die Glasversicherungen behält *a* bei. *a* putzt doch keine Fenster. Wenn ihm ein Fenster zu schmutzig wird, wirft er locker und lässig seinen 1.250 kg Hammer durch die Scheibe, ruft seinen Glaser an und schickt die Rechnung an seine Versicherung ein mit der Bemerkung 'ihm wäre der Hammer beim Aufstemmen der Wände bei einem Schwächeanfall aus der Hand gerutscht', und grinst.

Das ersparte Geld aus den Einbruch-Diebstahls-Versicherungen setzt *a* nun in die Entwicklung effektiver Einbrecher-Selbsttötungs-Anlagen ein.

a erwägt den Einsatz von Giftgas. Er verwirft den Gedanken doch sofort wieder. *a* müsste dann ja die nächsten Einbrecher selbst entsorgen. Soviel Arbeit will *a* sich wirklich nicht aufhalsen.

a entwickelt in halbjähriger Arbeit eine Einbrecherfalle die automatisch zur Tötung und weitestgehender automatischen Entsorgung der Einbrecher führt. Diese Anlage arbeitet in 2 Stufen:

1. Tötung des Einbrechers per künstlichen Blitzschlag
2. Verdampfung des Leichnams per Mikrowelle mit effektiver Abluft-Anlage.

Zu gerne hätte *a* nur die Mikrowelle eingesetzt, um das Leiden bewusst zu machen. Doch ein solches Verfahren ist mechanisch zu aufwendig entscheidet *a*, zumal es eventuell Fluchtmöglichkeiten des Einbrechers geben könnte. Das ist unprofessionell hat *a* von der Comorra gelernt.

a baut seine Anlagen unter allerlei Sicherheitsvorkehrungen, die seinem Selbstschutz dienen, in allen seinen Räumen ein. Lediglich in der Wohnung seiner geliebten Frau nicht, jede Unaufmerksamkeit kann zu Fehltötungen führen.

a wartet nun gelassen ab, was da geschehen möge. Er muss nicht all zulange warten. Schon 36 Tage nach der Installation seiner automatischen Einbrechertötungsanlagen findet er ein Häufchen Asche in einer seiner Fallen.
Daneben sind die Metallgegenstände zurückgeblieben. Was diese Herren Einbrecher alles mit sich herumtragen: den Hosenknopf zum Müll, die goldene Armbanduhr zur Altmetall Sammlung, das Goldkettchen (117 g) zur Altmetall Sammlung, das Zahngold lohnt kaum auf zu heben. Die Asche saugt *a* mit seinem super-special-Turbosauger auf, und bringt die fast volle Tüte sofort zum nächsten Ascheimer, wo so etwas hingehört. *a* ist ordentlich, nichts stört ihn mehr als Chaos.

Ganze 5 Tage vergehen seit diesem Vorfall, als *a* schon wieder ein Häufchen Asche in einer seiner Fallen vorfindet. Diesmal ein Paar Platin Manschettenknöpfe, eine billige Uhr aus Edelstahl und einen goldenen Nasenring sowie einen 585.er Siegelring. *a* saugt wieder einmal schnell auf: Müll zu Müll.

Nach weiteren siebzehn Tagen wird es interessant. *a* findet 2 Asche Häufchen. In beiden Häufchen sind Metallknöpfe, die eindeutig von Polizeiuniformen stammen. Der Rest ist, außer den paar Goldkronen Müll und wird von *a* auch so behandelt. Er bringt die Überreste der beiden Scheißbullen gerade in einer Staubsaugertüte unter. *a* schickt die Knöpfe, die ja Staatseigentum sind, anonym an den Polizeipräsidenten seiner Stadt. *a*, als ehrlicher Mensch, will sich keiner Unterschlagung von Staatseigentum schuldig machen, *a* ist schließlich kein Politiker.

Das Spiel geht weiter. Nach einem halben Jahr seit der Installation haben sich seine Anlagen noch immer nicht ganz amortisiert. Das wird schon, tröstet sich a. Gegen die Verluste ohne die Anlagen, die Gewinne durch die Kündigungen der Versicherungen und den Erlös aus den Wertmetallen, hat a schon einen ganz guten Schnitt gemacht.

Gewinne durch Verluste nennt a das launig wohl wissend, dass in diesem Spiel andere die Verluste machen.

Aufgebrochene Schließzylinder ersetzt a nun gegen die aller billigsten Typen und grinst vor sich hin.

Auf eines muss a von nun an sorgfältig achten: Er muss immer einen hinreichend großen Vorrat an Staubsaugertüten vorrätig halten. Keine Stunde könnte er die Asche der Einbrecher in seiner Wohnung ertragen.

Strafrechtlich ist a wohl kaum zu belangen, begehen die Einbrecher doch eindeutig Selbstmord, da a gegebenen falls behauptet wird hinreichend große Warntafeln aufgestellt zu haben. Diese hält a parat. Auch bleiben wohl kaum identifizierbare Spuren zurück.

Sollten Sie, lieber Leser, Interesse an a's Anlagen haben, wenden Sie sich vertrauensvoll an a. Sie erreichen ihn unter der
email-Adresse: gang-cop-kill@online.li.

Genossen

GOTT ist weise.

GOTT schuf die Erde am Tage 0 der Erdzeitrechnung. Seit SEINER Schöpfung der Erde sind bis heute 1642467342866 Erdentage vergangen. GOTT schuf Genossen zu SEINEM Vergnügen, ER gönnt sich ja sonst so wenig, ER langweilt sich. Dies tat ER 1642467305924 Erdentage nach der Schöpfung der Erde.

Als Genossen definiert ER Menschen?, die sich von Menschen bezahlen lassen um Macht über die Zahlenden zu gewinnen.

ER bespricht sich mit seinem Abteilungsleiter Satan aus der Abteilung 'Unliebsame Seelen' und kann SEIN Grinsen kaum verbergen. Cool bleiben sagt ER zu sich hat ER doch gerade dieses schöne Wort geschaffen.

»Satan ich habe wie du weißt nun Genossen geschaffen. Dein Tätigkeitsfeld wird erweitert. Du wirst nun einen gesonderten Bereich in meiner Hölle einrichten. Ich erwarte von Dir, dass Du innerhalb von 500 Erdentagen ein Konzept vorlegst. Der Aufbewahrungsort der Seelen von Genossen soll den aller schärfsten, bislang noch niemals praktizierten, Bedingungen unterliegen. Denk Dir was aus. Denke daran, in 500 Erdentagen steht das Konzept, sonst suche oder kreiere ich einen Nachfolger für Dich und Du behältst lediglich die Unterabteilung 'Falschparker'.«

Sprach's und ging.

Satan weiß sehr wohl, dass es keine Unterabteilung 'Falschparker' in seinem Hades, manchmal Hölle o. ä. genannt, gibt. Er kann den Job seines CHEFS erfüllen, andernfalls fliegt er, das wird ihm völlig klar.

13

Es gibt Abteilungen für 'Kinder- oder Frauen Schänder' (verschärfte Bedingungen zur endlosen Läuterung der Seelen), es gibt eine Abteilung für 'Politiker oder Mörder oder Räuber oder Diebe oder Kaufleute oder Lügner oder Betrüger', (recht scharfe Bedingungen zur endlosen Läuterung der Seelen). Die schärfste Einzelabteilung unter seiner Aufsicht ist die für 'Juristen oder Polizisten'.

Satan unterhält eine Abteilung die er 'Mehrfachpluto' nennt. Eindeutig ist diese Abteilung seine größte und liebste, mit Seelen, die mehrfach schuldig sind. Hier verwahrt er die Seelen von Kinderschändern, bei gleichzeitiger Ermordung der geschändeten Kinder auf, und Richter die einen Bonus auf Tatzusammenhang gewähren. Hier verwahrt er Massenmörder, hier verwahrt er Seelen, die sich mehrfach schuldig gemacht haben auf, aber doch keine 'mehrfach - Falschparker'.

Die Behandlung der hier verwahrten Seelen ist rein individuell und macht somit die größte Arbeit, Tag für Tag, somit auch das größte Vergnügen, Tag für Tag. Jack the Ripper, nur GOTT und Satan wissen wer er ist, wird ganz anders behandelt als Stalin, für jede Seele hat Satan ein eigenes Programm, aber doch keines von Microsoft. Der Zugang zur Abteilung 'Mehrfachpluto' steigt rapide.

Die Seelenbehandlung in der Abteilung 'Mehrfachpluto' reicht vonFedern über Vierteilen über Sieden in heißem Öl oder flüssigem Blei über Strecken bis zum Zerreißen über Verbrennen am lebendigen Leibe über Sitzen auf heißen Kohlen bis zum garen über Einwerfen in Krokodil- Schlangen- oder Wolfsgruben über Pendeln et cetera et cetera je nach Bedarf auch bunt gemischt.

Diese Maßnahmen stimmt Satan Tag für Tag, Seele für Seele, individuell mit seinem Personal ab, es soll doch den Seelen nicht langweilig werden.

Satan macht sich sofort gemäß GOTTE'S Auftrag am

14

1642467342867.zigsten Erdentag nach der Schöpfung der Erde an die Arbeit.

"Das wird *mein* Job, den lass ich mir doch von GOTT nicht vermasseln. Da kennt GOTT mich aber schlecht" denkt Satan. "Ich muss weit schärfer werden als in meiner Abteilung 'Mehrfachpluto' um GOTTE'S Auftrag zu erfüllen" überlegt Satan. Da ihm spontan nichts einfällt richtet er zunächst einmal einen hinreichend großen Raum her und veranlasst eine Grundausstattungen. Diesen gesonderten Raum benennt er nach reiflicher Überlegung

'Piss-Genossen-only'

Satan grübelt, grübelt und grübelt, Tag für Tag über GOTTES Auftrag, und vernachlässigt ein klein wenig seine sonstige Arbeit. Satan kommt nicht dahinter, was GOTT eigentlich gemeint hat. Somit vereinbart er am 1642467343167.zigsten Erdentag nach der Schöpfung der Erde ein Meeting mit seinem CHEF. Satan gibt vor, er will einen Zwischenbericht abliefern, ja lügen kann er selbstverständlich, ist er doch der größte Lügner aller Zeiten, ein Grund warum er gelegentlich seine Großmütter verprügelt, weil sie das Lügen nicht lernen wollen oder können. Er hat den perfiden Hintergedanken aus seinem CHEF weitere Informationen heraus zu quetschen.

GOTT eröffnet das Gespräch, er hat Satan längst durchschaut: »Du kommst mit Deinem Auftrag nicht so recht voran, das habe ich sehr wohl bemerkt. Du musst einfach moderner werden Satan. Nutze einfach die neuen vom Menschen geschaffen Möglichkeiten des Leidens. Du musst mit der Zeit gehen. Deine Klientel in heißes Öl eintauchen, rädern, federn, vierteilen, die Hacke abschneiden, Salz auf die Wunde streuen und deinen Höllenhund an der Wunde lecken lassen, mit Pendeln zerteilen lassen et cetera genügt nicht, das begreift Deine neuere Kundschaft nicht.

Ich gebe Dir, lieber Satan ein paar Tipps, deswegen bist Du doch hier. Lass die Atom-Genossen, ihr geschaffenes Plutonium fressen, die Zerstrahlung der Genossen ist wunderhübsch anzusehen.

Es sollte Dir nicht schwer fallen Napalm[2] zu entwickeln, der Einsatz gegen alle Genossen, die hieran gearbeitet oder es angewendet haben, wird wunderschön, das verspreche ich Dir.

Ebenso sollte es Dir nicht schwer fallen ein paar Gene in die Nahrung der Genossen, die sich erblöden Gentechnologie, wie sie das nennen, einzuschleusen, die zu ganz langsamer schmerzhafter Vergiftung führt.

Auch Bungee-Springen mit einer Sollbruchstelle des Bungees sollte beeindrucken.

Geh mit der Zeit, lass Dir was einfallen Satan, Du schaffst das schon!«

»Danke für die Hinweise GOTT, jetzt habe ich DICH begriffen.« Satan überspielt in dem er GOTT fragt: »Was soll ich mit den von mir bislang verwalten Piss-Genossen von Hitler, Mao-Tse-Tung, Pol-Pot, Stalin, Ulbricht, und Millionen mehr oder weniger Mitläufern, die in der Abteilung 'Mehrfachpluto' verwahrt werden, anfangen?«

»Du wirst sie *alle* in Deinen Bereich 'Piss-Genossen-only', wie Du das zu meinem Vergnügen nennst, überstellen. Es bleibt dabei, lieber Satan, es erfolgt weiterhin eine angemessene individuelle Einzelbehandlung! Stell Personal ein.« entgegnet GOTT.

Satan ging und arbeitet.

Pünktlich am Tage 1642467343366 nach der Schöpfung der Erde präsentiert Satan GOTT seinen gesonderten Bereich 'Piss-Genossen-only' nicht nur als Konzept sondern schon real praktikabel vorhanden, obwohl der Bereich noch nicht in allen Belangen vollständig ist. Satan ist weit voraus, er sollte doch nur ein Konzept vorlegen!

Stolz zeigt er GOTT die klassischen und modernen Einrichtungen, die er unter erheblichen Aufwendungen geschaffen hat, und hofft im Hinblick auf seinen Job, dass GOTT zufrieden ist. Er führt sein bislang bestes Objekt vor.

»Kuck mal GOTT, da sitzt ein Verwaltungs-Piss-Genosse von Microsoft, Jurist obendrein, den ich seit 133 Tagen unter meiner Programmentwicklung beschäftige....«.

GOTT unterbricht:»Programmieren hast Du mittlerweile auch endlich gelernt, wurde auch Zeit!«.

Satan lässt sich nicht beirren und erklärt:»Ich lasse den Typen unter Microsoft-Windows arbeiten, und habe eben kurz eine kleine Routine eingefügt. Per Zufallsgenerator führt meine Routine in Abständen von 2-5 Minuten dazu, dass das System abstürzt, das bei jedem Datenverlust. Der Ärmste muss nun alle paar Minuten sein System neu laden, er wir niemals irgendetwas in seine Kiste kriegen, Pardon, so nennt man das heutzutage, ich sollte mich doch anpassen. Eine deutliche Verbesserung gegen die klassische Sisyphusarbeit.« Satan will weiter ausführen, GOTT unterbricht ihn:

»Ich merke schon, Du hast deinen Job getan, aber denke bitte daran, bleib auf dem Laufenden, richte eine eigene Entwicklungsabteilung hierzu ein, stell Leute ein, Du hast genügend, aber jeder darf nur maximal einachtundvierzgstel eines Erdentages arbeiten.

Beschäftige den Verwaltungspissgenossen mindestens 200 Jahre an seinem Microsoft Computer mit seiner Aufgabe. Danach wird Dir schon noch weiteres sinnvolles einfallen. Es bleibt dabei: Schärfste Maßnahmen gegen *alle* Genossen. Beruf Dich nicht auf einen in Zukunft geschriebenen Roman 'Welt ohne Gewalt' von Damon Knight. Die Strafe, gerade gegen einen Genossen, muss weit schärfer sein als sein Vergehen. Ich werde hier schon noch Zeichen setzen, verlass Dich drauf lieber Satan!«

Sprach's und ging.

Satan ist leicht frustriert, hätte er doch zu gerne weitere seiner Entwicklungen vorgeführt:

In 10 km Höhe zerberstende Flugzeuge, das kurze Gekreische von Genossen, die wieder Mal zu Lasten anderer reisen ist wundervoll, Musik in seinen Ohren, immer wiederholen!;

In seiner Geldzähleinrichtungsecke wird er Genossen bis in alle Ewigkeit mit den Zählen von Monopoligeld beschäftigen, es sei denn sein CHEF schafft irgendwann Geld ab, dann wir er sich für Neuzugänge etwas anderes einfallen lassen;

Für den Piss-Genossen Göbbels hat er sich eine sehr hübsche Strafe ausgedacht, das ewige Vierteilen und danach Baden in 550 Kelvin heißem Öl wird langweilig.

Nachdem er sich mit voice-Systemen hinreichend ausgestattet hat, hört Göbbels seine Agitation :'WOLLT IHR DEN TOTALEN KRIEG!' im Originalton einmal pro Minute, die von Satan mit seinem neuen voice-System produzierte Antwort ist jedes Mal ein etwa 50.000- Männerchor: 'NEIEIN';

Satan gedenkt diese Procedure, jaja er hat das Programmieren gelernt, 1000 Jahre lang ablaufen zu lassen, danach wird ihm schon noch etwas anderes einfallen, da ist er sich ganz scher.

Der dickbäuchige Genosse Franz-Josef Strauß muss sich alle seine Sonthofener Reden 17 Stunden am Tag ununterbrochen anhören, unter ununterbrochenen 'BUUH-BÄÄH'-Rufen, bis er wieder gefedert und danach gegrillt wird. Es soll Leute geben die glauben, F.J.S. ist im Himmel, sind die naiv, und kommen somit in den Himmel.

'Ich, Satan, kann mit den Leuten hier nichts anfangen.' murmelt Satan vor sich hin und fragt sich manchmal ob Petrus noch seinen Job unter den neuen, von GOTT vorgegebenen Bedingungen, ausführen kann.

Für Millionen anderer Genossen sind Programme teils fertig, teils fast fertig.

Er hätte all diese Entwicklungen seinem BOSS so gerne vorgeführt.

Die CNC-gesteuerte Bepinkelmaschine für Schreiben von Genossen deren bestialischer Gestank nur der Absender in seiner Durchschrift und der Empfänger sobald er Piss-Genosse ist wahrnehmen kann.

Er, Satan hätte das alles und vieles anderes aus seiner Entwicklungspalette GOTT so gerne vorgeführt.

Satan hat noch nicht alles im Griff, doch er bleibt am Ball, wie Sport-Piss-Genossen, die sich Funktionäre nennen, und sicherlich Sonderbehandlungen erhalten müssen, und grinst.

Unvermittelt erscheint GOTT am Tage 1642467343427 nach der Schöpfung der Erde bei Satan um sich über den Fortgang des Projektes 'Piss-Genossen' zu informieren.

Diesmal darf Satan seine Spezialentwicklungen seinem CHEF vorführen.

»Schau mal GOTT, da sitzt ein Piss-Genosse, der mindestens 17,000 Menschen bestialisch umgebracht hat, genaueres kann ich über meine Datenbanken rauskriegen, den ich nicht teere und federe, sondern täglich 3 mal einen Autoreifen über seinen Hals werfe und ihn anzünde. Sieht das nicht lustig aus?«

»Wirklich beeindruckend.« sagt GOTT.

Satan führt weiter aus:

»Kuck mal GOTT, da sitzt ein Piss-Genosse aus einer Telefonzentrale, verantwortlich für 'moderne Telefon Kommunikation' den ich rund um die Uhr damit beschäftige, eine telefonische Auskunft einzuholen. Er wird niemals irgendjemanden erreichen.

4 Jahre lang hörte er nur 'Tut Tut'.

4 Jahre lang hörte er nur 'Tuuuut Tuuuut'.

4 Jahre lang hörte er nur 'Dieser Anschluss ist vorübergehend nicht erreichbar'.

4 Jahre lang hörte er nur 'Kein Anschluss unter dieser Nummer".

4 Jahre lang hörte er nur 'Hier ist keiner, aber Sie können eine Nachricht nach dem Piepston hinterlassen, sprechen Sie nach dem Piepston' beachte bitte den Fortschritt GOTT.

Nunmehr sieht sich unser Piss-Genosse in dem Telefonverhalten Random mit diesem Telefonquatsch konfrontiert. Unser Genosse muss weiter machen, mittlerweile ist er, da er Verweigerungstendenzen zeigte, 4-mal gevierteilt worden.«

»Wirklich gut.« lobt GOTT »Ich habe Dich unterschätzt.«.

Satan führt weiter Projekte vor:

»Kuck mal«, das 'Genosse GOTT', kann Satan gerade noch unterdrücken, »GOTT, da diagnostiziert sich ein Human-Piss-Genossen-Mediziner seit 13 Jahren selbst. Dem fehlt gar nichts, außer dass er krank ist, DU weist schon was ich meine. Nun verschreibt er sich ununterbrochen Pillen, und ich zwinge ihn diese Pillen auch zu fressen, Pardon einzunehmen. GOTT DU schickst mir aber auch eigenartige Klientel. Der Genosse Arzt verschreibt sich diese Pillen, weil er glaubt, er müsste weiterhin seine Häuser in New York, Teneriffa, Hongkong, Malediven und Bahamas (zur Steuerhinterziehung) unterhalten, und seine Rechnungen über irgendwelche Krankenkassen abrechnen zu können. Er wird sich selbst kaputt therapieren, und dann fange ich von vorne an.«

»Wirklich eine gute Idee, die hätte von mir sein können.« bemerkt GOTT und will gehen.

»Eines würde ich DIR gern noch vorführen, nur wenn es DEINE Zeit erlaubt.«

»Na los, obwohl ich Zeit habe, aber mir wird langweilig; Du machst das schon.«

»Kuck mal, GOTT, da hinten in der Ecke sitzt seit 11 Jahren ein Genossenspinner, der den Job hat *alle* seine Nummern einzutippen. Er scheitert, bislang musste ich noch nicht eingreifen.

Da schau her, er ist noch nicht einmal in der Lage seine Kundennummer in einem Betrieb, in dem er jahrelang für sich zu Lasten anderer eingekauft hat, anzugeben. Nun pass auf: Nun kommt seine Kontonummer, fehlerfrei, aber seine PIN kann er nicht angeben, geschweige denn, seine Personalausweisnummer, seine Sozialversicherungsnummer, seine Führerscheinnummer, seine Kfz-Nummer, geschweige seine Fahrgestellnummer, seine Postleitzahl, seine Schließfachnummer unter der er geklaute bzw. unterschlagene Werte lagert, der ist so blöd, dass er noch nicht einmal sein Schweizer Nummernkonto kennt, ...«

»Genug, dieser Pissgenosse wird auf alle Ewigkeit damit beschäftigt werden, rund um die Uhr seine Nummern zu erfassen, zumal er einer der Erfinder der Strichcodes ist, wie ich weis. Wieso hat der eine Fahrgestellnummer?, ich habe keine vergeben.«

Satan grinst, GOTT ist doch nicht allwissend.

GOTT ist zufrieden:

»Nur weiter so lieber Satan, ich bin begeistert.«

Sprach's und wollte gehen.

»Stopp!« ruft Satan »Ich hätte noch gern ein zukunftsorientiertes Projekt mit DIR besprochen, Genosse GOTT, nur wenn DU noch ein paar Minütchen Zeit hast.«.

»Nenn mich niemals wieder 'Genosse' Satan, sonst fliegst Du!«

'GOTT schuf den Menschen nach seinem Ebenbild' brabbelt Satan vor sich hin.

»Ich habe Genossen zu meinen satanischen Vergnügen geschaffen, irgendeinen Spaß wirst Du mir zugestehen müssen, da ich so viel Ärger mit den Menschen habe. Ich muss zugeben, die Schaffung des Menschen war eine Fehlentwicklung, Du wirst schon sehen.

Du wolltest noch etwas fragen, schieß los Satan, heute habe ich, unmodern wie ich nun einmal bin, keine weiteren Termine.«

'Mit wem schon, ich bestimme alle Termine! Und dieser Handy

- Unsinn beeindruckt mich wirklich nicht' brummelt GOTT vor sich hin.

Satan führt unterwürfig aus: »Ich habe etliche Pläne entworfen für die noch lebenden Genossen. Wenn ich DICH recht verstanden habe CHEF, sollen alle diese Piss-Genossen niemals geläutert werden. Einmal Genosse immer Genosse, oder habe ich DICH da nicht richtig verstanden.«.

»Du hast mich verstanden Satan!«

»Es gibt ein Land, ich glaube das nennt sich Deutschland, - ich könnte da mal eben in meiner Datenbank nachsehen -, da habe ich *noch* lebende Genossen, wie Schröder, Schilly, Merkel, Breuel und viele andere, es wimmelt da nur so von Piss-Genossen, für die ich heute schon Spezialprogramme entwerfe.«

»Mach weiter lieber Satan, Du bekommst sie, Bald.«

Sprach's und ging.

GOTT besucht nun in kurzen Abständen, etwa alle 27 Jahre, seine Hölle zu seinem Vergnügen und informiert sich insbesondere über Satan's und seiner Lieblingsabteilung 'Piss-Genossen-only'. GOTT ist zufrieden. Satan erledigt den Job immer besser, dass muss ER zugestehen.

ER weis doch, dass sich die Menschen ohne SEIN Zutun selbst zu Grunde richten werden, da sich die Menschen Tag für Tag immer weitere Selbstvernichtungs-Einrichtungen schaffen; irgendwann wird eine davon greifen, da ist GOTT sich ganz sicher. Die *Genossen* werden es schon schaffen. ER lächelt wenn ER an Satan denkt.

ER will nicht eingreifen, ER wird nur zuschauen, ER gönnt sich ja sonst so wenig.

GOTT freut sich auf die ruhige Zeit danach, wenn ER in den wohlverdienten Ruhestand gehen kann während Satan bis in alle Ewigkeit schuften muss.

Telefonieren modern

Es gab zwei Menschen, die jahrzehntelang gute Freunde waren. Sie hatten ständig Kontakt, haben sich getroffen, mal zu einem, zwei, drei.... Glas Bier, mal zum Bummel auf dem Jahrmarkt, mal zu einer Party und zu anderen Gelegenheiten. Nennen wir diese langjährigen Freunde Jack und Fred.

Am 1.1.1990 installieren beide einen TelefonAnrufbeantworter.

Fred ruft am Abend des 1.1.1990 die Telefonnummer von Jack an.

Der Anrufbeantworter von Jack meldet sich:

"Hier Jack Haase ich bin leider nicht im Hause. Wenn Sie eine Nachricht hinterlassen wollen, sprechen Sie nach dem Piepston".

Fred spricht nach dem Piepston »hier Fred ruf mich zurück«.

Am 2.1.1990 ruft Jack zurück.

Der Anrufbeantworter von Fred meldet sich:

"Hier Fred Baumann. Um diese Zeit bin ich niemals zu Hause. Wenn Sie eine launige Nachricht hinterlassen wollen, Abendblatt-Witze sind unerwünscht, sprechen Sie nach dem Piepston".

Jack spricht nach dem Piepston »hier Jack ruf mich zurück«.

Am 3.1.1990 ruft Fred zurück.

Der Anrufbeantworter von Jack meldet sich:

"Hier Jack Haase ich bin leider nicht im Hause. Wenn Sie eine Nachricht hinterlassen wollen, sprechen Sie nach dem Piepston".

Fred spricht nach dem Piepston »hier Fred ruf mich zurück«.

Am 4.1.1990 ruft Jack zurück.

Der Anrufbeantworter von Fred meldet sich:

"Hier Fred Baumann. Um diese Zeit bin ich niemals zu Hause. Wenn Sie eine launige Nachricht hinterlassen wollen, Abendblatt-Witze sind unerwünscht, sprechen Sie nach dem Piepston".

Jack spricht nach dem Piepston »hier Jack ruf mich zurück«.

Am 5.1.1990 ruft Fred zurück.
Der Anrufbeantworter von Jack meldet sich:
"Hier Jack Haase ich bin leider nicht im Hause. Wenn Sie eine Nachricht hinterlassen wollen, sprechen Sie nach dem Piepston".

Fred spricht nach dem Piepston »hier Fred ruf mich zurück«.

Am 6.1.1990 ruft Jack zurück.
Der Anrufbeantworter von Fred meldet sich:
"Hier Fred Baumann. Um diese Zeit bin ich niemals zu Hause. Wenn Sie eine launige Nachricht hinterlassen wollen, Abendblatt-Witze sind unerwünscht, sprechen Sie nach dem Piepston".

Jack spricht nach dem Piepston »hier Jack ruf mich zurück«.

Am 7.1.1990 ruft Fred zurück.
Der Anrufbeantworter von Jack meldet sich:
"Hier Jack Haase ich bin leider nicht im Hause. Wenn Sie eine Nachricht hinterlassen wollen, sprechen Sie nach dem Piepston".

Fred spricht nach dem Piepston »hier Fred ruf mich zurück«.

Am 8.1.1990 ruft Jack zurück.
Der Anrufbeantworter von Fred meldet sich:
"Hier Fred Baumann. Um diese Zeit bin ich niemals zu Hause. Wenn Sie eine launige Nachricht hinterlassen wollen, Abendblatt-Witze sind unerwünscht, sprechen Sie nach dem Piepston".

Jack spricht nach dem Piepston »hier Jack ruf mich zurück«.

Am 29.6.1999 ruft Jack zurück.
Der Anrufbeantworter von Fred meldet sich:
"Hier Fred Baumann. Um diese Zeit bin ich niemals zu Hause.
Wenn Sie eine launige Nachricht hinterlassen wollen, Abend-
blatt-Witze sind unerwünscht, sprechen Sie nach dem Pieps-
ton".
Jack spricht nach dem Piepston »hier Jack ruf mich zurück«.

Am 30.6.1999 ruft Fred zurück, ein allerletztes Mal.
Der Anrufbeantworter von Jack meldet sich:
"Hier Jack Haase ich bin leider nicht im Hause. Wenn Sie eine
Nachricht hinterlassen wollen, sprechen Sie nach dem Pieps-
ton".
Fred spricht nach dem Piepston »hier Fred ruf mich _nie_ wieder
zurück«.
Fred ändert nun seine Telefonnummer und wirft seinen Anruf-
beantworter endlich auf den Müll.

Seit mehr als 9 1/2 Jahren haben sich Jack und Fred nicht mehr gesprochen, geschweige denn gesehen, da eine Terminabsprache nicht möglich war.

Aber die Kosten sind doch nennenswert:

3468 Ferngespräche, von der verplemperten Zeit und der Nervenbelastung einmal ganz abgesehen.

Auch davon, dass jede menschliche Bindung verloren gegangen ist.

Verhältnisse

Achtung! aufgepasst Leute:

Der bislang unbekannte Professor Dr. Dr. Jon D. Cooling krempelt nun die Wirtschaft um.

Professor Dr. Dr. Cooling setzt relativ anonym eine Pressenotiz ab:

"Professor Dr. phil. Dr. rer. nat. Jon D. Cooling gibt sich die Ehre seine neue Theorie, deren Entwicklung fünfzehn Jahre angestrengter Arbeit gekostet hat, erstmalig einem erlauchten, kompetenten Publikum vorzustellen.
Diese Theorie heißt:
Verhältnistheorie.
Zusammenfassung:
   Plunder raus!

Vollständige Theorie:
Das Land muss von jeglichem Plunder befreit werden! Das Land erstickt im Plunder.
Plunder ist alles was mehr Arbeit als Nutzen bringt. (Verhältnis)!
Erst nach jeglicher Plunderbefreiung kann das Land wieder zu seiner früheren Größe aufsteigen."

Ein namhaftes Magazin macht Cooling ausfindig und zeigt sich etwas, mäßig, an seiner Arbeit interessiert und verabredet mit Cooling einen Gesprächstermin in einer Bar.
Professor Cooling gelingt es mit reichlich Backschis und Fusel seine Theorie den Journalisten des namhaften Magazins unterzujubeln.

Tatsächlich erscheint zwei Wochen nach dem Besäufnis, nur die Journalisten waren auf Cooling's Kosten besoffen, ein provokanter Artikel im Magazin über die Arbeit des Professors Cooling.

Dieser Artikel löst, wider Erwarten aller Beteiligten, eine heftige, wochenlang andauernde Diskussion, die Cooling als hirnloses Gelabere bezeichnet, das aber niemals öffentlich sagt, aus.

Professor Cooling's Theorie wird nicht recht verstanden, zu seinem Unverständnis. Seine Theorie ist irgendwie nicht anschaulich genug, als dass sie begriffen wird.

In einer Talkshow, Professor Cooling wird nun laufend zu solchen Veranstaltungen eingeladen, bietet er an, gefilmt und dokumentiert, den Haushalt seiner Frau vom Plunder zu befreien. Er geht sogar die Wette ein, 6 m³ Plunder aus dem Haushalt seiner Frau aufzustapeln. Niemand merkt, dass das gar keine Wette ist, da keine Einsätze getätigt wurden. Nur Cooling kann letztlich durch Steigerung seines Bekanntheitsgrades gewinnen.

Auf geht's.

Professor Cooling mit Fernseh- und Presse-Teams arrangieren die Show mit einem Oberregisseur Namens Hase perfekt.

Lediglich Cooling's Ehefrau Erika will nicht so recht mitspielen. Erst nach der heimlichen Zusicherung ihres Ehemannes :

"Erika Du kriegst doch alles doppelt und dreifach wieder zurück" schmeichelt Cooling. Widerwillig lässt sich Erika widerstrebend in das Spektakel ein und macht sich zu Jon's Kosten auf den Weg zu den Bahamas hofft Jon.

'Deinen angesammelten Schrott, liebe Erika, werde ich schon noch los Süße. Das wird ganz schnell gehen' denkt Cooling und entscheidet nun über Erikas Haus.

Ein 6 m³ Container wird vor dem Haus von Cooling's Ehefrau aufgestellt.

Die Show läuft an. Cooling voran. Er schnappt sich den nächstbesten Gegenstand in der Diele, einen Kamm.

'Plunder oder nicht Plunder das ist hier die Frage.' Alle Anwesenden inklusive Cooling sind der Meinung der Kamm ist kein Plunder.

Der Regenschirm:

'Plunder oder nicht Plunder das ist hier die Frage.' Alle Anwesenden bis auf Cooling sind der Meinung: der Regenschirm ist kein Plunder. Cooling wendet ein 'Wozu braucht ein Mensch einen Regenschirm?' Für ihn ist das Plunder, aber Cooling ist nicht kleinlich, er wird schon noch verstanden werden, da ist er sich ganz sicher.

Gegenstand für Gegenstand wird nun in Erika's Haus untersucht und in Augenschein genommen. Alle Anwesenden außer Cooling finden keinen Plunder, Cooling grinst innerlich in seiner so typischen unerkennbaren Weise vor sich hin.

Der 6 m³ Container ist noch vollständig leer nach dem Rundgang.

»Das war wohl nix Cooling.« bemerkt der Obermacker-Regisseur Hase, der die Veranstaltung organisiert und koordiniert hat, und will zum Abzug blasen.

»Stopp Herr Hase, Sie haben meine Definition von Plunder nicht verstanden. Ich wiederhole:

Plunder ist alles was mehr Arbeit als Nutzen bringt.

Unter diesem, nur unter diesem Gesichtspunkt, müssen wir die Runde noch einmal machen.« sagt Professor Cooling.

Seine Frau Erika ist längst verschwunden. Hoffentlich nicht auf einem shopping-trip mit Einkäufen von Dingen die sie zig-mal hat, 'Plunder!', hofft Cooling, Bahamas ist angesagt Süße.

Vor der 2. Runde, suchen nach Plunder gemäß Cooling's Definition, hält Professor Cooling eine kleine Vorlesung ab, deren geistiger Inhalt / Sinn, gerafft hier wieder gegeben wird:

"Wozu braucht ein Mensch 12 Kämme, die Sie hier vorgefunden haben?

11 Kämme Plunder? 10 Kämme Plunder??

Wozu braucht ein Mensch 7 Regenschirme?

7 Regenschirme Plunder? 6 Regenschirme Plunder??
Wozu braucht ein Mensch 58 Scheren?
55 Scheren Plunder? 45 Scheren Plunder??
Wozu braucht ein 1- Personenhaushalt 123 Weingläser?
100 Weingläser Plunder??
Wozu braucht ein Mensch 148 Blumenvasen? Wozu braucht
ein Mensch 133 Unterhosen? Wozu braucht ein Mensch 229
Pflanzentöpfe in seiner Wohnung? Wozu braucht ein Mensch 7
Kochtöpfe mit Durchmesser 16 cm? Wozu braucht ein Mensch
6 Pelzmäntel? et cetera.

Plunder!

Raus damit, Beschränkung auf das Wesentliche!, alles Andere
ist Plunder und macht mit der Pflege, Aufbewahrungsplatz und
Verwaltung; folglich mehr Arbeit als Nutzen'".
Langsam, ganz langsam, fangen die Anwesenden an Professor
Jon D. Cooling zu begreifen. Es wird noch Monate dauern, bis
er vollständig verstanden wird.
Professor Cooling ermuntert:
»Raus mit Plunder!«.
Nun wird es mühsam. Herr Hase und sein Team müssen nun
entscheiden welche von den 12 vorhandenen Kämmen gebraucht werden. Hase's Team sucht alle Kämme zusammen und
entscheidet 10 Kämme sind Plunder, daher landen sie im Container.
'Aller Anfang ist schwer.' sinniert Cooling vor sich hin. Er überschlägt den Füllungsgrad des Containers, 6 m³ - 800 cm³, das
entspricht circa 0.013 %.
'Etwas haben wir schon' denkt Cooling und kann vor innerli-
chem Lachen kaum an sich halten. Cooling bleibt aber 'cool', so
ist doch der momentane Sprachgebrauch, und muss schon wieder lachen.
Die Entplunderung des Hauses von Professor Cooling's Frau
Erika geht weiter, mühsam, langsam, schleppend. Teil für Teil
in Erika's Haus wird vom Team in Augenschein genommen:'
Plunder oder nicht Plunder', das ist jeweils die Frage. Langsam

sammeln sich immer mehr Stücke im Container. Der Füllungsgrad des Containers erreicht gegen Mittag des Tages, nach der 2. Entplunderrunde durch Erika's Haus, immerhin schon 13 % wie Professor Cooling kurz überschlägt.

Professor Cooling lädt zur 3. Runde. In dieser Runde, erklärt er, wird als Plunder erkannt, was seit Jahren nicht mehr benutzt wird, und sicherlich niemals wieder benutzt werden wird. Diese Gegenstände sucht Cooling selber zusammen. Ein Kleid, 17 Jahre alt, seit 12 Jahren nicht mehr getragen, unmodern, ist Plunder, alle Anwesenden schließen sich ihm an. Teil für Teil wird begutachtet. Professor Cooling erklärt jeden Gegenstand, das Gremium entscheidet. Mal entscheidet es auf Plunder ein anderes mal auf Nichtplunder.

Nicht mit jeder Entscheidung des Gremiums geht Professor Cooling konform, aber Cooling ist großzügig. Er weiß, er kriegt den Container randvoll.

Der Plunder-Container wird weiter gefüllt. Ein richtiger Lacher kommt auf, als Cooling einen Bademantel vorführt, 18 Jahre alt, niemals getragen, daher neu, in dem jeder aussieht wie Mickey Mouse nach 4 Flaschen Scotch, obwohl der Mantel weiß-grün-gelb ist. Professor Cooling führt den Bademantel vor, Dressman kann er auch. Einstimmig wird der Bademantel als Plunder erklärt und wird somit entsorgt.

»Was ist das? Ein Smoking im Hause Ihrer Frau!« ruft ein Journalist und hält ihn hoch.

»Das ist meiner,« sagt Cooling »der ist 11 Jahre alt und seit 9 Jahren nicht mehr getragen. Plunder!.« sagt Cooling und wundert sich wieso sein alter Smoking im Kleiderschrank seiner Frau hängt.

Das Entplunderungsteam kommt nun richtig in Fahrt. Cooling muss jetzt energisch abbremsen.

»Der Mixer sieht mir wenig benutzt aus. Also Plunder!« ruft jemand und will den Mixer zum Container heraustragen. Cooling kann das gerade noch verhindern. Der Mixer wird gebraucht, er ist nur gut gepflegt.

»Stop!« ruft Professor Cooling »nichts wird ohne mein Nicken in den Container geworfen!« als er bemerkt, jemand hängt original Kunstwerke von der Wand und will das als Plunder in den Plundercontainer werfen.

Auch 2 Werkzeugkoffer kann Cooling gerade noch retten.

»Herr Hase! Stopp! Pfeifen Sie Ihre Leute zurück!«.

Herr Hase ruft »Stopp!, Stopp! Alle Aktivitäten sofort einstellen!«.

Es wird weiter entplundert, aber nun wird jedes Teil von Professor Cooling begutachtet.

Nach Abschluss der 3. Runde, der Container ist zu 35 % gefüllt, lädt Professor Cooling zur 4. und letzten Runde ein.

Das Team hat nun die noch vorhanden Sachen ordentlich in Schränken zu stapeln.

»Nun brauchen wir Werkzeuge. Was glauben Sie warum ich nicht zulassen will, dass Sie die Werkzeugkoffer als Plunder deklarieren wollen,« sagt Cooling nach Abschluss der Aufräumarbeiten, »nun erkläre ich alle leeren Schränke als Plunder! Raus damit!«.

Der Container wird fast voll.

Alles ist im Kasten, wie die Filmteams Cooling in ihrem Jargon versichern. Damit ist die Aktion abgeschlossen und Cooling hat gewonnen.

Professor Cooling renoviert das Haus seiner Frau Erika nach der Entplunder-Aktion total. Dieses tut er nach seiner Intuition, unter der Berücksichtigung des Geschmacks seiner Frau Erika, den er, das muss er sich eingestehen, nur schwer nachvollziehen kann.

10 Tage später meldet sich Erika telefonisch bei ihrem Mann: »Hi Dear, ich bin zurück. Ich habe mich auf Malta etwas ausge-

spannt. Als ich in mein Haus zurückgekommen bin, war ich begeistert. Ich bin weiter begeistert, alles ist so viel einfacher geworden. Ich fange an Dich zu verstehen Jon. Aber 3 Dinge vermisse ich doch. Die Art-Deco Vase von meiner Mutter, meinen Milchkochtopf und mein kleines Schwarzes in dem ich Dich vor 29 Jahren kennen gelernt habe; weist Du noch, wir beide auf der Party von Gerd, wo Du ihn mir ausgespannt hast?«.

»Weist Du Erika, was Gerd seinerzeit über Dich verbreitet hat? Vermutlich nicht. Ich wollte seinerzeit nur herausfinden was daran war. Seit der Zeit kenne ich Gerd nicht mehr, ich würde ihm heute noch nicht einmal einen guten Tag wünschen; und ich hatte mich in Dich verliebt.«.

»Komm zu mir heute Abend Jon, und vergiss unsere Flasche Champus nicht.«.

»Ich komme, bin schon unterwegs. Alle Deine Sachen sind eingelagert, und Du kannst jedes Teil zurückerhalten, wenn Du willst.«.

»Eigentlich nur die Vase Jon.«.

»O.K. Erika wir holen morgen die Vase, aber der Rest kommt endgültig auf die Mülle. Einverstanden?«.

»Einverstanden. Jon«.

»In einer Stunde bin ich bei Dir Erika, ciao!«.

Erika und Jon verbringen seit Jahren, Jon überlegt angestrengt nach wie viele Jahre kommt aber nicht dahinter, eine Nacht zusammen.

Einen riesiges Spektakel gab es 12 Tage nach der Entplunderungsaktion in Erika's Haus, als eine fast zwanzig Minuten lange Sendung im Fernsehen zu bester Sendezeit gebracht wird und am nächsten Tag fast alle Zeitungen ausführlich darüber berichteten.

Das Land wird entrümpelt? Dem Rummel nach mag das so scheinen. Etliche Menschen nehmen Professor Cooling's Anregung auf und entplundern ihre Wohnungen, ihre Keller, ihre Böden, ihre Garagen. An manchen Orten brechen die Flohmärkte vollständig zusammen.

Bergeweise türmt sich Plunder auf, die Müllabfuhr muss Sonderschichten einlegen.

Von den circa 40 Millionen Haushalten des Landes greifen nach Einschätzung des Professor Cooling allenfalls 200,000 seine Idee auf, 8 % der Haushalte, und Cooling kann sich vor Zuschriften kaum noch retten.

Da kann Cooling doch ganz tolerant sein, betrifft es ihn doch nicht mehr.

Auf einer Pressekonferenz dankt Cooling allen seinen Fans. Cooling lässt jedoch auch einfließen, dass gemäß seiner Theorie nicht nur die Entrumpelung von Sachen, Schrott und Müll zu verstehen ist, Cooling zitiert sich selber:

Plunder ist alles was mehr Arbeit als Nutzen bringt.

»Das Land muss vom Plunder befreit werden!« provoziert Cooling.

Die Schnelldenker unter den Anwesenden fangen an Cooling in etwa zu verstehen. Cooling wird nun aufgefordert sich weiter zu äußern. Cooling geht der Aufforderung innerlich grinsend nach, kommt er doch damit seinem eigentlichen Ziel näher. Cooling bringt Beispiele, auch wenn das sonst nicht sein Stil ist, ist er sich doch bewusst, dass Beispiele nur Sachverhalte *veranschaulichen* können doch schlüssig nichts darzustellen vermögen.

»Pfennige sind eindeutig Plunder!«. Ein Raunen, ausgelöst durch die Anwesenden Journalisten geht durch den Raum, Professor Cooling lässt sich nicht beirren und rechnet vor:

»Die Herstellung eines Pfennigstückes kostet mindestens 2.2 Pfennige. Schon damit: ein Pfennigstück ist Plunder. 16.6 Milliarden Pfennigstücke wurden erstellt mit Kosten von 365 Millionen Mark! Mehr als 200 Pfennigstücke pro Bürger! inklusive Babys! Plunder«.

Stille herrscht nun im Saal.

Professor Cooling setzt nach: »Die Verwaltung der Pfennige kostet die Volkswirtschaft mindestens 1 Milliarde Mark pro Jahr.«

Noch nie wurde in einer Pressekonferenz so gelacht bis Professor Cooling eine Broschüre mit seinen Berechnungen verteilt.

»Sie werden unschwer erkennen, meine Damen und Herren: Pfennige sind Plunder! Extremer Plunder! Befreien wir uns davon, ich habe es längst getan.«.

Professor Cooling doziert und provoziert weiter:

»Kernkraftwerke sind extremster Plunder! Der Plunder des Plunders, creme ala Plundercreme. Niemand braucht sie.«

Cooling ist etwas erstaunt, als er ausgebuht wird, da doch etliche Anwesende seit Jahren in ihren Blättern und Sendungen gegen Atomkraftwerken in wettern. Cooling verteilt eine Berechnung und schon ist wieder Ruhe im Saal.

»Nach meinen bescheidenen Berechnungen sind 90 % aller Gesetze diese Landes schlicht Plunder!«.

Schon wieder das Geraune der anwesenden Journalisten, das Cooling nicht mehr versteht, die Journalisten sollten doch langsam anfangen etwas zu begreifen.

»Wir kommen nicht drum herum zu erkennen, dass es zu jedem Gesetz in diesem Land mindestens ein diesem Gesetz völlig konträres gibt, damit sind mindestens 50 % der Gesetze schlicht Plunder!.«.

Diese Äußerung wird nun zaghaft von 2 Anwesenden angezweifelt.

»Nennen Sie mir ein Gesetz in diesem Land, meine Damen und Herren« fordert Cooling» und ich werde Ihnen über meine

Datenbanken innerhalb von 2 Tagen mindestens ein anderes nennen, was genau das Gegenteil formuliert. Machen sie sich keine Hoffnungen, Juristen aller Couleur werden das nie begreifen! Verbleiben noch knapp 40 % Gesetzestexte. Denken Sie doch mal als Beispiel an das Gesetz: 'Der Mietzins ist am Ende der Mietzeit zur entrichten'. Ein Gesetzt!, niemand hält sich daran. Auch mit Sicherheit nicht einklagbar, da jeder Vermieter Vorkasse fordert gemäß eines anderen Gesetzes.«. Nun kommen doch Lacher auf und Cooling macht eine kleine Pause in der Erfrischungen und Getränke auf Cooling's Kosten gereicht werden.

Nach der Pause eröffnet Professor Cooling wieder die Konferenz.

»Unser aller Zeit wird nun knapp. Doch ein Thema liegt mir heute noch besonders am Herzen.

Ein Betriebssytem? Micosoft-Windows braucht doch wirklich niemand.

Wer Computerbetriebssysteme wie ich kennt, DOS, NOS, XA, Unix, MVS und andere braucht Microsoft-Windows doch wirklich nicht.

Microsoft-Windows ist Plunder, raus damit, das Leben wird einfacher und effizienter ohne Windows-Idiotie. Raus mit Microsoft-Windows und den albern langsamen Applikationen!«.

Die von Prof. Cooling initiierte Pressekampagne geht weiter. Cooling wollte die anwesenden Journalisten ja nicht überfordern; die kommen schon noch hinter den eigentlichen Sinn seiner Theorie, da ist sich Cooling nach wie vor ganz sicher.

»Plunder ist mehr!« formuliert Prof. Cooling und heizt die erregte öffentliche Diskussion weiter an.

»99 % allen bedruckten Papiers ist Plunder! Tag für Tag neuer Plunder! Bäume sind edler, nützlicher, schöner als Hochglanz-Macky-Werbung und Politikergeschwafel!« Cooling provoziert in dem er ruft: »Hören wir auf Plunder zu erzeugen, um ihn dann mühevoll wieder -wie nennt man das heutzutage?- zu entsorgen. Plunder ist mehr!«.

Nun wird es brisant, als Professor Cooling in seiner unnachahmlichen Weise in einer Pressekonferenz behauptet:
»Waffen sind extremster Plunder! Ihr Einsatz richtet nun wirklich mehr Schaden an, als irgendwelcher Nutzen entstehen könnte. Sie sind dazu entwickelt zu zerstören, seien es Natur, Sachgüter oder Lebewesen. Will das irgendjemand der Anwesenden bestreiten?«.
Nun wir es endlich lebhaft, Cooling hat mit diesem Thema offenbar, es ist ihm bewusst, 'In ein Wespenloch gestochen'.
Es wird bunt immer bunter bis zu Tumult artigen Szenen die Cooling amüsiert betrachtet bis er eingreift:
»Aber meine Damen und Herren wollen Sie schon wieder einen Krieg anzetteln, Sie haben doch gar keine Waffen.
RUHE! RUHE! RUHE!«
Langsam hört die Rauferei nach Muster alberner amerikanischer Filmen auf.
»Schon vergessen meine Damen und Herren? Alleine im 20. Jahrhundert wurden mindestens 350 Millionen Menschen durch Waffen getötet,
mindestens einhunderttausend Tierarten durch Waffen ausgerottet, meine Datenbanken werden Millionen km² von durch Waffen zerstörtes Land nachweisen. Sachwerte in Billiarden wurden durch Waffen zerstört.
Vergessen? Doch wohl nur peinlich verdrängt! Peinlich, peinlich.
Es mag ja in der menschlichen Natur liegen, Kriege zu führen, zu kämpfen, zu töten, auszurotten, doch wozu braucht der Mensch einen tausendfachen Overkill?
Plunder! Raus damit!
Die Waffen die Sie heute befürworten und finanzieren, zum

angeblichen Selbstschutz, werden sich gegen Sie richten!
Plunder! Raus damit!«

Prof. Cooling setzt nach:

»Wozu braucht der Mensch einen Kanzler, einen Präsidenten, einen Kriegsminister, wozu braucht der Mensch Parteien und Parlamente?

Plunder ist alles was mehr Arbeit als Nutzen bringt.
Plunder! Raus damit!«

Prof. Cooling wird als das was er ist entlarvt: Anarchist. Er hasst alle Wörter die auf "mus" enden, und setzt sich mit seiner geliebten Frau Erika zur Ruhe.

Es ist ihm völlig klar, er kann die Welt nicht ändern und singt und grinst vor sich hin:

'There's no business like show business.........'

Inzest?

In armen, man kann schon sagen erbärmlichen, Umständen lebt eine Frau allein mit ihrem Sohn.

Sie hat vor Jahren in geordneten Verhältnissen gelebt bis ihr Ehemann von Polizeibeamten erschossen wurde; irrtümlich wie es hieß, mitten auf der Straße ohne Anlass ohne Grund. Nun ist es ja nicht so, dass sie eine Entschädigung vom Staat erhält, von einer Rente ganz zu schweigen. Sie wurde, als ihr bescheidenes Vermögen aufgebraucht war, zur Sozialhilfeempfängerin degradiert, und musste auch noch die Beerdigungskosten ihres vom Staat ermordeten Mannes allein tragen. Schicksal, Pech, Unglück wird ihre Situation genannt.

Ihren alten Namen hat sie längst vergessen und verdrängt, er hat mit ihrer heutigen Identität nichts mehr zu tun. Nennen wir sie, liebe Leser, Elsa.

Elsa ist nun sechsundvierzig Jahre alt, ihr Sohn, den sie Peet ruft, der aber offiziell sicherlich anders heißt, ist 12 Jahre alt und besucht, obwohl er zum Außenseiter der Gesellschaft gemacht wurde, das Gymnasium.

Peet hat keine echten Freunde, nicht zuletzt da er seine Lebenssituation gegen jeden Klassenkameraden verschweigt und nun wirklich niemanden zu sich nach Hause einladen kann. Somit verbringt er die schulfreie Zeit mit lernen, und er erreicht beste Noten, was ihn bei seinen Klassenkameraden nicht gerade beliebter macht. Streber und Muttersöhnchen wird er gehänselt.

Die Bindung zu seiner Mutter wird immer stärker, seine Mutter hat eigentlich nur noch ihn.

Elsa und Peet werden fast zwangsweise eine verschworene Gemeinschaft gegen den Rest der Welt.

Elsa und Peet leben zusammen in einem sechzehn Quadratmeter großen Raum, der Wohnzimmer, Schlafzimmer, Bad und Küche zugleich ist.

Es existiert nur ein neunzig Zentimeter breites Bett in dem beide gemeinsam, häufig eng aneinander gekuschelt, schlafen.

Elsa schlägt sich mit Gelegenheitsarbeiten durch. Die Einkünfte daraus verschweigt sie selbstverständlich dem Sozialamt ohne jedes schlechtes Gewissen. In ihren alten Beruf als Fremdsprachensekretärin kann sie nicht zurück. Dazu ist sie zu alt und sie ist dieser Tätigkeit seit vierzehn Jahren nicht mehr nachgegangen. Ihre Chance, eine Arbeit in ihrem Beruf zu finden, ist Null.

Eines nachts, Elsa und ihr Sohn Peet liegen aneinander gekuschelt nebeneinander, bemerkt Elsa eine Erektion bei ihrem Sohn. Elsa verstärkt sie indem sie das Glied ihres Sohnes streichelt bis Peet etwas erstaunt aufwacht.

»Lass uns mal ein schönes Spiel spielen.« sagt Elsa zu ihrem Sohn. Elsa streift ihrem Sohn Peet die Unterhose ab, ihren Slip hat sie längst ausgezogen und fordert Peet auf, sich auf sie zu legen. Elsa positioniert ihren Sohn und führt sich sein Glied ein.

»Na, wie fühlst Du Dich?« fragt Elsa ihren Sohn.

»Irgendwie ungewohnt, gut, toll, super.« entgegnet der frühreife Peet.

»Pass auf das wird noch besser, viel besser.«

Peet erlebt seinen ersten Orgasmus, seine Mutter möchte aber mehr und es gelingt ihr ohne Schwierigkeiten Peet weiter zu animieren.

»Was wir letzte Nacht getan haben, darfst Du niemals irgendjemanden erzählen, das bleibt unser Geheimnis für alle Zeiten. Ich hoffe Du hast verstanden,« schärft Elsa ihrem Sohn am morgen danach ein.

»Ist schon O. K. Mama. War ganz toll, Du bist die Größte, ich liebe Dich.« und Elsa denkt über die Doppeldeutigkeit des Wortes Liebe einen Augenblick nach.

Von nun an treiben Elsa und Peet dieses Spiel mindestens fünfmal die Woche. Elsa hat gar kein schlechtes Gewissen ist sie doch längst aus dem Klimakterium hinaus, so dass sie eine Schwangerschaft nicht befürchten muss. Treibt sie strafbaren Inzest? Sie ist nicht der Auffassung und es ist ihr auch egal. Der Staat in dem sie lebt, ist längst nicht mehr ihr Staat. Elsa lehrt lediglich ihren Sohn die Liebe, auch eigennützig, das gesteht sie sich ein.

»Möchtest Du dieses Spiel mal mit anderen Frauen spielen? Du könntest nur davon lernen, wissbegierig wie Du bist.« fragt Elsa eines Tages ihren Sohn.

»Warum nicht Mama wenn Du das für richtig hältst, ich habe volles Vertrauen zu Dir.«

Elsa vermittelt ihren Sohn nun unter Lobpreisungen an ihre Freundinnen, die allesamt ehelos, teils ledig, teils verwitwet sind.

Peet hat großen Erfolg bei den Damen und lernt viel. Nach einem halben Jahr kennt er alle Stellungen und alle Sexualpraktiken, und er weiß was Frauen wollen, was Frauen mögen.

Es ist Peet nicht entgangen, dass seine Mutter von den Frauen Geld nimmt. Er hat absolut nichts dagegen, leben seine Mutter und er doch langsam besser. Schon nach zwei Monaten ist ein Telefon im Hause.

Es geht im Verlaufe der Zeit wirtschaftlich aufwärts. Nach gut einem Jahr Tätigkeiten mit fremden Frauen, Peet ist nun fast vierzehn, können seine Mutter und er in eine bürgerliche drei Zimmer Wohnung ziehen. Elsa und Peet richten sie ein: Wohnzimmer, Schlafzimmer, Arbeitszimmer.

Mutter und Sohn schlafen selbstverständlich gemeinsam im Schlafzimmer, Peet vernachlässigt seine Mutter, auch bei allen anderen Anstrengungen, nicht.

Peets Kundinnenstamm besteht längst aus ihm wildfremden Frauen, die paar Freundinnen seiner Mutter reichen für den erreichten Lebensstandard wirklich nicht aus.

Elsa managt den Betrieb und Peet kommt nie dahinter wie. Er weis nur: seine Mutter, von ihm liebevoll Mom genannt wenn sie beide allein sind, und Elsa wenn jemand dabei ist, kann das. Der Erfolg belegt das eindrucksvoll.

Eines späten Abends erscheinen zwei Polizeibeamte, von Peet längst Scheißbullen genannt, an der Wohnungstür und erlauben sich Peets Mutter der Förderung der Prostitution anzuschuldigen.
Peet bringt locker und lässig die beiden Typen mit einem Steak-Messer in der gefliesten Küche um. Schön schnell ohne ein Wort und ohne Zögern in den Bauch stechen und das Messer nach oben reißen, bevor die Scheißer auch nur das Leiseste mitbekommen.
»Das war nicht sehr überlegt von Dir Peet.« sagt seine Mutter ganz ruhig, und ohne jeden Vorwurf und ohne jede Emotion. Sie empfindet keinerlei Mitleid mit den Getöteten, im Gegenteil. Peet kennt seine Mom. Innerlich grinst Elsa, dessen ist sich Peet gewiss.
»Das ist die Rache für Deinen Mann und meinen Vater! Mir kann nicht viel passieren, ich bin Minderjähriger.«
Nun aber schnell. Peet fährt mit seinen fünfzehn Jahren das Polizeiauto in den nahe gelegenen Kanal, seine Mutter fängt an aufzuräumen. Peet kehrt in die Wohnung zurück und zerstückelt mit leichtem Grinsen die Leichen und verpackt sie in handliche Portionen, die er, hoffentlich ungesehen, im Kanal entsorgt. Sieben Mal muss er den Weg zum Kanal mit den Leichenteilen machen.
Elsa und ihr Sohn Peet putzen, putzen, putzen und entsorgen, entsorgen und entsorgen. Als sie glauben alle Spuren beseitigt zu haben, alle Putzlappen, alle Mülltüten und was sie sonst noch verraten könnte, verschwinden in dem so schön nahe gelegenen Kanal. Das Team Elsa und Peet verlassen für diese Nacht die Wohnung und gehen in ihre sechzehn Quadratmeter

Bude zurück in der sie für einige Zeit bleiben. Selbstverständlich hat Elsa diese nicht gekündigt, ist die Bude doch ihre Sozialhilfe-Adresse. Selbstverständlich beziehen Elsa und Peet weiterhin Sozialhilfe, das ist ihnen der Staat für den Mord an ihrem Mann und Vater allemal schuldig.

Was war das in der nächsten Zeit für ein Spectaculum in der Öffentlichkeit. Vier Tage hat es gedauert, bis der Bullenwagen gefunden wurde. Nur wenige Leichenteile der Beamten wurden aufgefunden. Der Staat und die Öffentlichkeit trauern; nur? Elsa und ihr Sohn Peet nicht, die lachen sich heimlich ins Fäustchen, und lieben sich mehr denn je.

Nachdem das Spektakel um die Polizisten abgeklungen ist, wechseln Elsa und Peet wieder in ihre drei Zimmer Wohnung und nehmen ihre Lebensart und ihr Gewerbe wieder auf. Auf sie scheint keinerlei Verdacht zu fallen.

Als Peet sechzehn Jahre ist wird ihm ein kompletter Satz Personalpapiere eines Juri Gosch angeboten. Den Papieren zu folge ist der Gosch neunzehn Jahre alt. Dieser Juri Gosch ist einfach verschwunden, entweder hat er sich abgesetzt oder er ist irgendwie umgekommen. Das wird Peet versichert. Peet greift zu, er kauft die Papiere zumal der Juri Gosch ihm ausgesprochen ähnlich sieht. Mit ein paar Retuschen könnte sich Peet als Juri ausgeben, eigentlich stimmt nur die Haarfarbe nicht und Juri hat im Gegensatz zu Peet ein Muttermal über der linken Augenbraue. Haare färben und ein Muttermal aufkleben, kann doch nicht unüberwindbar sein.
Elsa ist skeptisch:
»Wenn dieser Juri Gosch eine kriminelle Vergangenheit hat, und per Haftbefehl gesucht wird, willst Du dann seine Strafe absitzen?«
»Ich kann doch jederzeit meine wahre Identität nachweisen.«

43

entgegnet Peet, »ich versuch mal rauszukriegen, ob an dem Juri was faul ist.«

Peet maskiert sich und er lässt Juris nicht abgelaufene Ausweise unter dem Vorwand, er plane eine längere Reise, verlängern. Nach vierzehn Tagen kann er seine neuen Papiere abholen. Peet ist sich sicher, dass Juri Gosch überprüft wurde, Peet erhält die Papiere anstandslos ausgehändigt. Mit dem Juri scheint alles in Ordnung zu sein.

Noch am selben Tag macht Peet, Pardon Juri, seiner Mutter einen Heiratsantrag. Was haben Elsa und Peet an dem Abend gelacht. Elsa nimmt den Heiratsantrag ihres Sohnes an, auch sie fängt an, an diesem Spiel gefallen zu finden. "Versteckte Staats-Verscheißerei" nennen Elsa und Peet ihr Treiben.

Elsa und Peet, Pardon Juri, heiraten mit gekauften, ihnen unbekannten, Trauzeugen und amüsieren sich königlich, zumal Peet eigens einen dem Anlass angemessenen Wagen mietet und selbstverständlich selbst fährt.

Elsa heißt nun Elsa Gosch, redet ihren Ehemann aber weiterhin mit 'Peet' an, sie wollen es ja nicht übertreiben.

Peet wechselt seine Identität nun je nach Bedarf. Sozialhilfe bezieht er weiterhin unter Peet, Auto fährt er unter Juri. So einfach ist das.

»Wenn Du Dich in ein paar Jahren in eine junge Frau verliebst und sie heiraten willst unter Deinem richtigen Namen, wirst Du dann zum Bigamisten?« fragt Elsa.

»De facto sicherlich JA, de jure sicherlich NEIN.« schätzt Peet die Lage ein und lacht verschmitzt. Was kümmert ihn das, er liebt seine Mom und er gedenkt seiner Mutter treu zu sein, das Gewerbe zählt nicht.

»Wollen wir uns noch einen weiteren Spaß erlauben Mom? Wo wir gerade dabei sind. Dein Ehemann, Juri Gosch, adoptiert Deinen Sohn Peet. Damit wird Dein Sohn Peet sein eigener Vater.«

Elsa und Peet können sich vor Lachen wieder einmal kaum aufrecht halten.

»Nun übertreibst Du aber Peet,« prustet Elsa »wenn ihr beide, Juri und Peet zu gleicher Zeit irgendwo erscheinen müsst, brauchst Du ein wirkliches Double Peet. Auch mit der Sozialhilfe wird das irgendwie immer schwieriger! Juri muss dann Peet unterhalten.«

»Du hast ja recht Mom, Du bist immer der Schlauere von uns beiden. Aber Spaß hat es uns doch gemacht, die Rechtsordnungen in diesem Land, Pissstaat, mal wieder so richtig ad absurdum, sprich aufs Glatteis, zu führen. Elsa, bitte, ich wäre *so* gern mein eigener Vater.« lacht Peet.

Elsa macht sich Sorgen über den aktiven Sprachschatz ihres Sohnes und gedenkt hier in Zukunft dämpfend einzuwirken und ermahnt sich, erzieherische Pflichten ernster zu nehmen.

Ein wahrer Krimi aus Deutschland.

Der deutsche Kommissar Fritz Izan betritt am 22.10.1998 um 22:22 die Kneipe 'Schmun's In' auf der berühmten und berüchtigten g. m. - Meile.

Selbstverständlich empfangen ihn alle Anwesenden unter einem nicht wohlwollendem Gejohle und Gepfeife.

Kommissar Izan ist gekommen um einen Gurtmuffel zu verhaften.

Dieser Gurtmuffel soll nun der deutsch-gerechten Strafe von 24 Tagen Haft zugeführt werden.

Der Gurtmuffel weigert sich beharrlich ein Bußgeld in Höhe von DM 60.- wegen gesetzwidriger Gurtmuffelei zu bezahlen.

Der wegen Gurtmuffelei nun Vorbestrafte erdreistet sich weiterhin hartnäckig beim Autofahren sich selbst mit dem

'Sicherheitsgurt'

zu fesseln.

Er ist somit hoch kriminell.

Der Gurtmuffel hat nun schon 2 Punkte auf seinem Konto in Flensburg.

Bedenklich, bedenklich.

Zur o. g. Zeit halten sich als Stammgäste folgende Personen im 'Schmun's In' auf:

Fred der Schnarcher, Rollo der Punker, Bertha die Lesbe, Jens der Snob, Gerd der Mogler, Bernd der Rauscher, Huhanita die Schöne und Helga die Aufrechte.

Des weiteren sind 10 Leute anwesend um endlich einmal den berühmten Flair des 'Schmun's In' mitzubekommen.

Lola der Schmuser ist der Chef der Kneipe.

Deswegen heißt 'Schmun's In' 'Schmun's In'.

Lola hört das gar nicht gerne von g. m.

Sie behauptet sie ist die Chefin des 'Schmun's In' und sie ist schmusig und darf daher allenfalls Schmuserin genannt werden.

Dass Lola Alice Schwarzer liest, hat g. m. nicht gewusst.

Die 10 weiteren Leute werden sicherlich Stammgäste des 'Schmun's In' werden bei Schmuserin Lola.

Da ist sich Lola als schmusige Chefin ganz sicher.

Der Ehrengast des Abends ist selbstverständlich g. m..

Kommissar Izan ist an diesem Abend ganz locker und völlig unvorschriftsmäßig gekleidet.

Er trägt ein T-Shirt mit der Aufschrift:

> Wer Mäuse fickt
> und Autos klaut
> der säuft auch das
> was Holsten braut.

g. m. lacht als einziger.

Auf sein Betreiben ist doch jedes Holstenprodukt für alle Zeit aus dem 'Schmun's In' verbannt.

Ob Kommissar Izan das gewusst hat?

Bei den Anwesenden kann Kommissar Fritz Izan mit seinem T-Shirt keine Punkte sammeln.

Offene Türen kann man nicht eintreten.

Eulen kann man nach Athen tragen.

Diese einfachen Sachverhalte wird Kommissar Izan niemals begreifen.

Von jedem Anwesenden wird er bis zu seinem totalen Frust angefrotzelt immer hübsch haarscharf an Beleidigungen vorbei.

g. m. muss sich wirklich mal das Deutsche Schimpfwörterbuch zulegen.

Aber nun schreitet der deutsche Kommissar Fritz Izan endlich zur Tat.

Er zückt seinen Haftbefehl gegen g. m. um ihn gefesselt mit Handschellen und Fußkettchen in einer grünen Minna nach Santa Fu zu verfrachten.

g. m. bleibt gelassen.

Er erkennt sofort den Fehler auf dem Haftbefehl.

Richter Hase hat ihn schon vorsorglich ausgestellt und den Verhaftungstermin des g. m. wegen illegaler Gurtmuffelei auf den 22.10.2008 um 22:22 ausgestellt.

Richter Hase kennt seine Zukunft ganz genau.

Am 23.9.1998 hat er sich in der Klapsmühle Langenhorn als wohl kaum heilbarer Dauerpatient einzufinden.

Genau dahin hat ihn g. m. durch seine konsequente Gurtmuffelei gebracht.

Unter weiterem Spott und massiven Verhöhnungen wird Kommissar Fritz Izan nun aus dem 'Schmun's In' komplimentiert.

Rollo dem Punker fällt noch eine Adresse einer Kneipe ein und steckt sie Izan zu.

In dieser Kneipe soll es Holstenbier geben.

g. m. kommt nun in's Grübeln.

Woher um alles in der Welt kennt Rollo diese Kneipe.

Anmerkung des Autors für nicht-Hamburger:
Santa Fu wird ein Gefängnis in Hamburg-Fuhlsbüttel genant.
Langenhorn ist ein Stadtteil in Hamburg in dem lange
Zeit eine Klapsmühle Merkmal des Stadtteils war.

Krawatten und die Leere im Kopf

"Ärmel hochkrempeln" allein ist ein unzureichendes Konzept für den fälligen wirtschaftlichen Aufschwung. "Kragen auf und durch" - so heißt vielmehr die einzig erfolgversprechende Devise, denn sie fußt auf neuesten Erkenntnissen der exakten Wissenschaft. Für die verblüffende Ideen- und Tatenlosigkeit führender Politiker und Unternehmer gibt es jetzt nämlich eine mindestens ebenso

verblüffende Erklärung:

51

Als Quelle der grassierenden Einfältigkeit auf hohem Niveau erwies sich: *die postmoderne Krawatten-Kultur.*

Die meisten Krawattenträger, so ermittelten Wissenschaftler der Cornell-Universität im amerikanischen Ithaka, schnüren nämlich den Hemdkragen zu eng. Die Folge: eben jene eigentümliche Blut- und Gedankenlosigkeit, die sich insbesondere unter Politikern breitmacht. Die zu eng gezurrte Krawatte, so wiesen die Cornell-Forscher nach, bewirkt eine Mangelversorgung des Gehirns, die sich in schlechten Leistungen in Rechen- und Reaktionstests niederschlägt - und nicht nur dort.

Doch es gibt Hoffnungen, denn die krawattenverursachte Dumpfheit erwies sich als kurierbar: Wurden die Probanden gebeten, das verdummende Kleidungsstück abzulegen und den Kragen zu öffnen, so kam plötzlich Leben in ihre Häupter, und die Testergebnisse wurden wieder vorzeigbar.

Kaum auszudenken, welche dramatischen Umwälzungen zwischen Kiel und München, zwischen Bonn und Berlin zu erwarten wären, sollte sich eine neue Freiheit der Hälse als durchsetzungsfähig erweisen. Im endlich wiedergefundenen cerebralen Wohlgefühl des wohldurchbluteten Politikerhauptes hätte beispiels weise Streibl längst nicht mehr so viele Urlaubsflüge nötig. Und auch Krauses reine, anämische Blässe verflüchtigte sich alsbald wie die mangelverursachten Aussetzer der Vergangenheit. Jansen erinnerte sich möglicherweise schlagartig, woher das Geld in seiner Schublade kam - woraus freilich, wie zu befürchten ist, Übelmeinende sogleich dessen ehemaligem Vorgesetzten (als exponierter Kulturträger ebenfalls ein Opfer der Krawattenkultur) einen neuerlichen Strick zu drehen versuchten. Der hessische Staatsmann Fischer - beendete denn auch er die erst seit kurzem bestehende Mitgliedschaft im Club der selbstbindenden krawattenträger - brauchte fortan nicht länger zu warten, bis ihm mal der Kragen platzt, sondern fände spontan zu erfrischend offener Rüpelhaftigkeit zurück. Der Kanzler selbst schließlich - sind der Hals erst einmal befreit und die kognitiven Nebel verdampft - wird am Ende schmerzlich einsehen müssen, daß er weiland ausgerechnet den Vielversprechensten, weil Vollblutigsten unter seinen Denkern opferte: den Fliegenträger Riesenhuber.

TSA

Auszug aus: PSYCHOLOGIE HEUTE, Heft 7, Juli 1993

Fahrradfahrer

Was Oscar aus ihnen macht!

Achtung:
Die Müllabfuhr bekommt von Oscar reichlich Arbeit.
Es gibt Seuchen: Pest, Cholera, Ebola, Rinderwahnsinn, Pocken, Schweinepest et cetera.
Nur Oscar erkennt: es gibt eine weitere Seuche, die bislang nicht als Seuche erkannt wurde: Fahrradfahrerei, von Oscar Pedalilites genannt. Ob Pedalilites ansteckend ist, kann von Oscar am Anfang seiner Entdeckung nicht klar erkannt werden. Er hegt zunächst nur einen wohlbegründeten Verdacht in dieser Richtung. Oscar kommt schon noch dahinter, glaubt er.
Radfahrer, das muss sich Oscar eingestehen, stammen von der Spezies homo sapiens ab. Fast alle Radfahrer sind aber völlig degeneriert, entartet und zu keinem Sozialverhalten mehr fähig. Liegt hier eine genetische Fehlsteuerung vor, eine vererbbare Krankheit, eine Mutation? Ausgeartet?
Ausgeartet in jedem Fall, da besteht für Oscar kein Zweifel.
Das Verhalten von Radfahrern könnte damit erklärt werden können.

Radfahrer bilden eine eigene Klasse von Menschen; Menschen?.
Radfahrer zahlen keine Steuern.
Radfahrer fahren mit Vehikeln, die zum teil jeder Beschreibung spotten.
Radfahrer kennen keinerlei Verkehrsregeln.
Radfahrer sind für jeden in ihrem Verhalten völlig unberechenbar.
Radfahrer kennen keine Haftpflichtversicherung, Schäden von Radfahrern verursacht, hat immer der Geschädigte zu tragen.

Radfahrer fordern Radfahrwege, und ignorieren jeden der auf anderer Kosten eingerichteten Radfahrwege.
Radfahrer ignorieren Einbahnstraßen, Fußwege, Parks, Kinderspielplätze. Radfahrer sind überall und vorwiegend da anzutreffen, wo sie wirklich nicht hingehören.
Radfahrer sind degenerierte Spinner!

Oscar bringt unmissverständlich als Minimalforderung vor:
Reichlich Steuern auf *jedes* Fahrrad.
Zwangs Haftpflicht Versicherung für jeden Radfahrer Fahrrad ungebunden.
Zusatzkrankenversicherung oder deutlich höhere Beiträge (Radfahrerzuschlag) auf bestehende Versicherungen.
Höchste technische Diebstahlsicherungen, um Fahrräder vor Fremdnutzung zu schützen.
Vergehen von Radfahrern als Straftaten zu definieren, und schärfste Strafen zu verhängen. Oscar fordert die Todesstrafe für Radfahrer bei jeder Rechtsübertretung.

Da diese Forderungen politisch wohl kaum durchsetzbar sind, Politiker als Beamte bilden ja die Creme á la Creme aller Radfahrer, wird Oscar eigenhändig eingreifen müssen!
Oscar wird diese Pedalilites bekämpfen, eindämmen mit dem Ziel sie völlig auszurotten wie die Pocken, denn die Pedalilites breitet sich erschreckend aus. Nur Oscar erkennt die volkswirtschaftlichen und ökologischen Schäden der um sich greifenden Pedalilites.

Wie alle verkannten Genies ist Oscar zunächst Einzelkämpfer. Er brütet in seiner Denkstube vor sich hin. Oscar entwirft eine Radfahrerfalle. 5 Jahre konstruktiver Ingenieur-Arbeit steckt Oscar in dieses Projekt, bis er mit seinem Produkt und damit mit sich selbst zu frieden ist. Oscar mahnt sich zur Eile, greift doch die Pedalilites immer weiter um sich.
Die Radfahrerfalle ist eine Radfahrerkralle. Ein Gerät, 8 * 8 cm²

Grundfläche und 10 cm Höhe hat Oscar entwickelt. Ein Gerät das sich mühelos in jeder Art Pflastersteine, Gehweg-Platten, Asphaltdecken oder andere Wegbeläge einbauen lässt. Das rein mechanische Gerät arbeitet in folgender Weise: Überfährt ein Radfahrer diese Falle springt die Kralle heraus und umfasst das Vorderrad. Damit wird das Fahrrad abrupt zum stehen gebracht und der Radfahrer kopfüber auf den Weg geschleudert, ob er nun angeschnallt ist oder nicht, nach 3 Sekunden zieht sich die Kralle automatisch zurück und lauert auf den nächsten Pedalilites-Infizierten, wie Oscar das nennt. Welcher Radfahrer kommt schon einer Anschnallpflicht nach? Oscar grinst, in seinem BMW braucht er doch wirklich keinen Gurt. Hat auch nur ein einziger Albernjurist, Idiotenpolitiker, Scheißbulle, Spinnmediziner oder ähnliche komische Leute jemals

$$\Sigma \; dp/dt = 0$$

begriffen? Aber herum schwafeln können sie darüber unglaublich.

Nein: sie alle sind unglaublich Stolz auf ihre 5 in Mathematik und Physik und sind richtig begeistert über ihr 2- in Latein (großes Latinum)!

Oscar präpariert sein erstes Gerät in einem heute üblichen rotgefärbten Zement-Pflasterstein in der Form der im Jahre zwanzighundert Radwege gebaut sind. Klamm heimlich baut er den präparierten Stein eines Nachts in einen Fahrradweg ein. Oscar wählt einen geeigneten Standort, das heißt unmittelbar vor einer Parkbank mit Büschen im Hintergrund.

Oscar stellt in den Büschen versteckt eine automatische Videokamera ausgerichtet auf den Fahrradweg auf und setzt sich wie ein harmloser, saufender Normalbürger in 'Penneruniform' auf die Parkbank und wartet. Er hält eine Flasche Korn gefüllt mit Mineralwasser in den Händen.

Oscar wartet. Er wartet und wartet und wartet. Oscar bereut nach vier Sunden Wartezeit langsam, dass nicht das in seiner Flasche ist, was das Etikett angibt. 74 vorbeifahrende Radfahrer haben seine Falle nicht getroffen. Oscar fängt an, an sich zu zweifeln. Dann passiert es: der 75. Radfahrer tappt in Oscar's Falle.

'Das muss ein wunderschönes Video geworden sein.' denkt Oscar als er den leblosen Radfahrer mit aufgeplatzter Schädeldecke in Blut und Radfahrerhirnmasse betrachtet.

Oscar tut harmlos-besoffen, baut klamm heimlich seine Automatic-Kamera ab und verdrückt sich.

Oscar ist etwas amused über die kurzen Pressemeldungen in Rundfunk, Fernsehen und den Boulevardblättern:

Mysteriöser Radfahrunfall im Stadtpark!

In seinem Labor analysiert Oscar sein fast 5-stündiges Video. Er schaut sich immer wieder die abgelaufenen Vorgänge an. Stunde um Stunde.

2 Tage lang.

Oscar erkennt, etliche Radfahrer sind über seinen präparierten Stein gefahren, aber nicht mittig genug, damit die Falle zuschnappt. Oscar überdenkt seine Konstruktion und erweitert in seiner Konstruktion die Fangbreite, wie Oscar das nennt. Das Experiment war es wert, Oscar hat nun die ersten Erfahrungen gemacht und sein Produkt verbessert, vervollkommnet.

Oscar greift nun die Pedalilites massiv an. Er fertigt seine Radfahrkralle in Serien-Produktion und baut sie nachts an geeigneten Stellen ein. Insbesonders mittig auf Straßenkreuzungen diagonal ausgerichtet.

Seine Erfolge sind beachtlich. Die Presse spricht nicht mehr von mysteriösen Radfahrunfällen sondern in immer größer werdenden Schlagzeilen von "Krieg gegen Radfahrer", "Steckt die

Autoindustrie hinter den Anschlägen auf die Radfahrer?", "Der Fahrradhandel steht vor dem Ruin", "Gibt es ein elftes Gebot? Ist Fahrradfahren eine Sünde?" et cetera.

Oscar grinst, dass Radfahren eine Seuche ist, die ausgerottet werden muss, hat noch kaum einer begriffen. Das kommt schon noch, da ist sich Oscar ganz sicher.

Nennenswertes Kapital hat Oscar in weiser Vorausschau in die Entwicklung und Fertigung von Helmen für Radfahrer gesteckt. Das einzige, was den Politikern auf Grund der sich verschärfenden Situation einfällt ist die Einführung einer Helm-Pflicht für Fahrradfahrer. Genauso hat Oscar das vorhergesehen.
Oscar's Helme sind so ausgelegt, dass sie praktisch keinen Schutz bieten, eher die Verletzungen bei Unfällen verschärfen und nun fast immer, wie von Oscar beabsichtigt, zum Tode führen.
Die Bestechungssummen, die Oscar an offizielle Prüforgane gezahlt hat, holt Oscar rasch nach der Einführung der Helm-Pflicht wieder rein. Oscar wird mit seinen Helmen ein reicher und somit geachteter Mann.

Nach 2 Jahren Tätigkeit hat Oscar zunächst innerhalb seiner Umgebung sein Ziel praktisch erreicht. Seine Umgebung ist nun Radfahrerfrei, er hat die Pedalilites wirksam bekämpft. Endlich kann man sich wieder auf Straßen wagen, sei es als Autofahrer, Fußgänger, Inlinescater oder Motorradfahrer. Auch kann man mal wieder in einem Park spazieren gehen, endlich können Kinder wieder auf Spielplätzen toben. Oscar ist sich der Ursachen seines Erfolges nicht ganz sicher, es spielen wohl etliche Komponenten eine Rolle.
Zehntausende von Radfahrern sind in Oscar's Krallen umgekommen. Den Radfahren, die noch nicht in Oscar's Falle getappt sind ist das Risiko des Fahrrad-Fahrens wohl zu groß geworden. Oscar kann sich des Verdachts nicht erwehren, dass

ihn, ihm unbekannte, Helfer unterstützt haben, wie auch immer, der Erfolg ist unübersehbar.

Auf zu neuen Taten, nun muss das ganze Land von der Pedalilites befreit werden, dann der Kontinent, dann der Rest der Welt, ganz systematisch unter Kontrolle und Beobachtung der Pedalilites-freien Gebiete.

Große Aufgaben warten auf Oscar.

Und Oscar holt sein Fahrrad aus Garage und verschrottet es obwohl er alle seine Fallen kennt.

Kuschler und Schmuser

wie η mit ihnen umspringt

Ein Mann der sich einfach η, nennt, der längst im Untergrund lebt hasst alle Kuschler. Noch verhasster als Kuschler sind ihm Schmuser.

η hat sich längst vollständig aus der Gesellschaft ausgeklinkt. Gesellschaftliche Konventionen, Moral und Recht existieren für ihn nicht. Er betreibt längst seinen eigenen Ein-Mann-Staat "von eigenen Gnaden" grinst η, und Steuern bezahlt er nur an sich.

η langweilt sich und daher beschließt er, als er eines abends auf einer Parkbank mit Blick auf einen wunderbar brackigen See sitzt und ein schmusendes Pärchen in sein Blickfeld gerät, alle Kuschler umzubringen ebenso will er alle Schmuser schlicht weg abmurksen.

Um dieses Vorhaben realisieren zu können, bedarf es sorgfältigster Planung. η fängt sofort an sich mit der Realisierung seines Vorhabens zu befassen.

Wie viele Schmuser/Kuschler mag es Welt weit geben? Eine Milliarde?, zwei drei vier fünf sechs sieben acht Milliarden?.

"Nun spinnst du aber eta" sagt η zu sich, "du bist zwar weit 'besser' d.h. weit brutaler, weit hemmungsloser, weit menschenverachtender, als die großen Massenmörder der Welt Julius Ceasar, Adolf Hitler, Josef W. Stalin, Mao-Tse-Tung, Pol-Pot, Lyndon B. Johnson, Gray big Alies und viele andere."

Kleine Leute wie Jack-the-Ripper, zieht η wirklich nicht in Betracht.

Peanuts!

nennt η das, mit Peanuts befasst η nicht.

"Acht Milliarden schaffst du nicht eta" gesteht η sich ein.

η entschließt sich zunächst seine unmittelbare Umgebung in der er sich aufhält, das heißt ein Gebiet der Fläche ca. 1000 km² mit ca. 1.5 Millionen Bewohnern, von Kuschlern und Schmusern zu säubern.

"1.2 Millionen schaffst du in einem Jahr lässig" mutet sich η zu.

η rechnet:

Ein Mensch hat etwa ein Volumen von 0.35 m³.

1.2 Millionen Menschen haben dann etwa ein Volumen von 420,000 m³ das entspricht einem Quader von circa 75 m Kantenlänge. Bei einer Leichenpackungsdichte von 67 %, die η nach etlichen Experimenten für realistisch hält, benötigt η 627,000 m³ zur Entsorgung von Schmusern und Kuschlern in seinem Bereich, das entspricht einem Quader von circa 86 m Kantenlänge.

η bildet sich nicht ein eine Grube in der Tiefe von 86 m Tiefe ausheben zu können. Er beschränkt sich auf 20 m Tiefe. Damit hat η eine Grube von 177 m * 177 m * 20 m auszuheben. Das muss doch in ein paar Tagen möglich sein. Da hat η ganz andere Grabungen hinter sich.

η sucht nach einem geeigneten Plätzchen. Auf seinem Rechner findet η in Karten-Dateien 7 mögliche Örtlichkeiten, die in Frage kommen: entsprechende Größe bei zentraler Lage für sein Gebiet.

η besichtigt die Gebiete, alle sind geeignet, doch kein Ort sagt ihm so richtig zu. Auf seiner Rundreise entdeckt η ein still gelegtes Hafenbecken:

Das ist es!

Er braucht es nur noch abzuschotten und das Wasser abzulassen.

"Wieso hast du das bei deiner Suche am Rechner nicht in Erwägung gezogen" beschimpft sich η und nennt sich "Doofkopp".

"Die alberne nervtötende herum Fahrerei hättest du dir wirklich ersparen können, blöder Schwachkopp, Depp, Dorftrottel!" nennt sich η.

η schottet das Hafenbecken ab und beauftragt eine Spezialfirma mit einer mittigen Trennung des Beckens. η ist entsetzt, die Firma benötigt 3 Tage, und will dann auch noch bezahlt werden. η hätte die Arbeit allein in 2 Tagen geschafft, ein paar Spundwände klauen, und sie mit einem kurz 'ausgeliehenen' Kran in den Schlick zu stellen, kann doch wirklich nicht so schwer sein.

η will diese Teilung: Osten Männer, Westen Frauen; so und nicht anders will η sein Projekt durchziehen.

Niemand stört η. Es sieht doch alles ganz harmlos aus, es laufen nur Leute mit Overalls mit Firmenschild rum.

Nach dem Abschluss der Arbeiten und dem Leerpumpen des Hafenbeckens, darf das lenzen genannt werden?' sinniert η, "Warum dauert das bloß immer alles so lange, 5 Tage muss ich schon warten." faselt η vor sich hin, Frust lass nach. Endlich kann η anfangen die Kuschler und die Schmuser ihrer von η bestimmten Bestimmung zu übergeben.

Der Anfang ist leicht. Jeder, den η schmusend oder kuschelnd antrifft wird einkassiert und von η in sein Hafenbecken geworfen unter strikter Ost-West-Deklaration.

"Deklaration? das Wort hast du doch schon gehört, wo?, wann?" fragt sich η "Ach ja", erinnert sich η "Deklaration steht im Zusammenhang mit Menschenwürde formuliert von einer totalen Quasselbude UNO oder so ähnlich" erinnert sich η "die Kriege nicht verhindert und das Abschlachten von Millionen Kindern, Frauen und Männern tolerierte bis jemand die alberne Bude im Jahre zwanzighundertsiebzehn, man nannte das seinerzeit zweitausendsiebzehn, in die Luft gejagt hat ebenso wie alle Staatspräsenz weltweit.

Selbstverständlich gehören Kinder und Mütter mit ihren Kindern nicht zu η's 'Klientel'.

Nachdem η in wiederholten Durchgängen alle öffentlichen Plätze, Parks , Kneipen, Séparées innerhalb von zehn Tagen gereinigt hat, betrachtet er sein Werk. Die Überlebenden im Ost-

Becken wie im West-Becken kuscheln und schmusen schon wieder, oder noch immer? das wird natürlich aufhören. η wird übel als er das sieht und kann ein Erbrechen nur mit äußerster Selbstdisziplin verhindern.

η beobachtet, dass Andere Leiber in seine Becken geworfen haben. "Hoffentlich bringen die hier nicht alles durcheinander" denkt η, und stellt viersprachige, unmissverständliche Tafeln auf, Ordnung muss sein, da ist η pedantisch.

Nur für Kuschler und Schmuser
Frauen Westbecken
Männer Ostbecken

Leider hat η es in seinem Eifer versäumt eine Buchführung über seine Tätigkeiten anzulegen. Daher kann er den Umfang der geleisteten Entsorgung nur schätzen. η muss sich eingestehen, dass er etwas unter seinem Limit von 3300 Kuschlern /Schmusern pro Tag bleibt. Es ist ihm bewusst, dass es nun mühseliger wird, Kuschler und Schmuser aufzuspüren.

η provoziert:

»Hi Süße hast Du nicht Lust auf ein bisschen Kuscheln mit Schmusen?«.

»Eigentlich nicht, zur Sache sollte es schon gehen.« entgegnet sie.

"Pech? gehabt" denkt η "nein, sie ist in Ordnung." Mal klappst, mal nicht, eigentlich klappt das immer, denn das Ziel ist ja Kuschler/Schmuser zu eliminieren: *nur* Kuschler und Schmuser.

η erhält unerwartete Hilfe von Dritten. Seine Aktivitäten sind nicht ganz unbemerkt geblieben. Er weiß nicht wer diese Leute sind, sie scheinen ihn aber begriffen zu haben.

Die ersten Auswirkungen seiner Tätigkeiten, nunmehr mit einigen Helfern, sind nach 2 Monaten deutlich spürbar. Circa 150000 in η's Gebiet weniger Menschen hebt die Lebensqualität schon enorm. Die Staus werden kürzer, die Schlangen vor den Kassen werden kürzer, die Arbeitslosenquote sinkt, und damit die Kriminalität, der Deodorantverbrauch sinkt und die Qualität der Luft wird atembar besser. Parkplätze werden immer knapper, doch dieses Problem wird η schon noch in den Griff bekommen; vermutlich auf die gleiche Weise wie das Problem Kuschler/Schmuser.

η hält den Wasserstand seiner Hafenbecken auf dem Niveau der Leichenhügel um den Geruch zu mildern.

Nach einem Jahr Tätigkeit, η's Region ist um circa 800,000 Einwohner reduziert, haben sich die Verhältnisse radikal verändert. Das Gebiet von η ist nun praktisch Kuschler/Schmuser-frei und die Bevölkerungsdichte ist auf ein gerade noch erträgliches Maß gesunken. η befürchtet, dass das nicht so bleibt.

η betrachtet seine Hafenbecken und beschließt sein Werk unter einer Betondecke zu begraben. Er lenzt die Becken und beauftragt eine Spezialfirma die beiden Becken, Ost wie West, mit einer circa 2 m dicken Betonschicht zu überziehen. Die Firma fährt 8 Hochdruck-Beton-Pumpen auf und beginnt die Becken mit Beton zu übersprühen.

Zahlen wird ηniemals irgendetwas, handelt er doch für die (All)-Gemeinheit.

η beobachtet diese Arbeiten von der mittigen Trennwand aus und will springen, ist er doch der größte Schmuser/Kuschler aller Zeiten.

Er kann sich aber nicht zwischen Ost und West entscheiden. Er gehört nach Osten, doch schwul ist er nicht, Osten wäre ihm eklig, also springt η nach Westen zu denen, mit denen er gekuschelt und geschmust hat, und ertrinkt im Beton.

Der Sammler

Genuss, Lust, Leidenschaft und Sucht sind Begriffe, die eng miteinander verknüpft sind.

Lust kann zur Leidenschaft werden.
Lust kann zur Sucht werden.
Leidenschaft kann zur Lust werden.
Leidenschaft kann zur Sucht werden.
Sucht kann zur Lust werden.
Sucht kann zur Leidenschaft werden.

Sammler sind eine ganz eigene Klasse von Menschen. Aus Interesse an einer Sache kann jemand anfangen Daten, Fakten, Dokumente oder Objekte zusammen zu stellen und wird damit zum Sammler. Eine ganz eigene Klasse von Menschen? g. m. ist der Meinung: fast jeder Mensch sammelt irgendetwas, bewusst oder unbewusst.

Die Motive zum bewussten sammeln sind recht unterschiedlich. Der eine sammelt Briefmarken, weil er als Hobby Freude daran hat, ein anderer sammelt Briefmarken, weil er glaubt, das wäre eine Kapitalanlage.

Gesammelt werden die unterschiedlichsten Objekte aus reinem Interesse an den Objekten oder aus kommerziellen Gründen.
Sammelbar ist alles was zusammen-fassbar ist. Es existieren Sammlungen von Bierdeckeln, Picasso's, Zuckertüten, Literatur, Bierdosen, Münzen, Tonträger, Weinlabels, grüne Punkte, Schrumpfköpfe, Handtaschen, Geldscheine, Asterixe, Skalps, Hotelschlüssel, Aschenbecher, Salzstreuer, Silberbestecke et cetera, et cetera.
Der EDV Datensammel-Unsinn soll hier nicht erörtert werden,

gerade erhält g. m. eine Information, über seine Kundennummer, seine Einkäufe, et cetera von einer Firma, zu er zuletzt vor 15 Jahren Kontakt hatte.

Ob seine Krankenkasse einen Zahnarztbesuch von vor 30 Jahren noch parat hält will g. m. nicht wissen, da er die mal behandelten Zähne längst nicht mehr hat, er hat nur noch die niemals behandelten Zähne, und die er auch niemals behandeln lassen wird.

Es gab einen Mann, der 'Billy the Noncollector' genannt wurde, weil er nichts sammelt, und sich damit zum Außenseiter gemacht hat. Billy sammelt nichts? Billy sammelt Müll und wenn sein Mülleimer voll ist entleert er ihn im nächsten Ascheimer oder heißt das heute Müllbox? Billy ist sich nie ganz sicher, verändert sich der Sprachgebrauch doch täglich.

Billy 'the Noncollector' hebt nichts auf.

Billy 'the Noncollector' sammelt keine rostigen Nägel, alles was sich in Internetsitzungen an Datenschrott auf seinen Rechnern ansammelt, löscht er sofort. Billy ist ordentlich.

Billy 'the Noncollector' beschränkt sich weise in dem er nur Dinge in seinem Lebensbereich hält, die er wirklich benutzt, dazu gehören auch seine Dekorationen, von Zeit zu betrachtet Billy seine Bilder von

Tauchert als Originale, Andy Warhols als limitierte Auflagen, und Reproduktionen von Cesanne, Picasso, Chagall, Feininger, Klee und Hundertwasser; das ist Billy's Geschmack.

Billy denkt über seinen Nick-Namen 'the Noncollector' nach und beschließt eines Tages:

"Euch werde ich es zeigen, ich werde der *größte* Sammler aller Zeiten mit würdigem Eintrag in das Guinness Book of Records!".

Billy hat Neigungen zur Pedanterie und zum Perfektionismus,

nein, er will alles was er tut pedantisch perfekt machen.

Daher fängt er an alles zu sammeln dessen er habhaft wird. Billy, nun 'Strongcollector', wird weiterhin 'the Noncollector' genannt was ihn weiter motiviert und anstachelt.

Schon nach zwei Monaten seit Beginn seiner Sammelleidenschaft kann Billy 'the Strongcollector' seine wahllos zusammengetragenen Sammelobjekte nicht mehr geordnet in seiner Wohnung lagern. Daher mietet er eine ungenutzte 1000 m² Halle mit Regalen in der Nähe seiner Wohnung.

Billy spart keine Kosten, Billy kauft, besorgt und organisiert alles was ihm irgendwie habhaft wird. Unter 'besorgen oder organisieren' versteht Billy 'the Strongcollector' auch durchaus das was klauen oder im juristischen Sprachbebrauch 'gemeiner Diebstahl' genannt wird.

Ein Salzstreuer in einem Restaurant mit dem Aufdruck des Namens des Restaurants ist nur per Diebstahl zu erwerben. Billy hat da kein schlechtes Gewissen. In dem Preis von 6.50 für eine Tasse Kaffee muss ja wohl ein Salzstreuer enthalten sein.

Billy, der Perfektionist ist nun rund um die Uhr beschäftigt, allenfalls 3 - 4 Stunden Schlaf am Tag gönnt er sich noch. Er hat sich längst ein Feldbett in seinem Lager aufgestellt und summt, wenn er auf ihm liegt, vor sich hin:

"Ein Korn im Feldbett das ist immer......." oder heißt das

"Ein Bett im Kornfeld das ist immer ...." oder heißt das

"Ein Feld im Kornbett das ist immer ...."?

Billy muss da doch mal bei Mike Krüger nachfragen.

Allein die Archivierung seiner Bestände nimmt immer mehr Zeit in Anspruch. In seinem Betrieb, leistet er immer weniger. Klamm heimlich tut Billy so als ob er etwas tut, tatsächlich beschäftigt er sich mit der Verwaltung seiner Sammlungen. Das wird wochenlang kaum bemerkt. Billy's Fehlzeiten im Betrieb werden immer länger, er meldet sich immer häufiger 'krank' ohne Atteste; das fällt irgendwann der Lohnbuchhaltung auf und Billy bekommt Trouble.

Billy 'the Strongcollector' stört das eigentlich wenig, er ist ganz seiner Leidenschaft, die zur Sucht geworden ist, verfallen. Nach einem weiteren halben Jahr fliegt Billy aus seiner Firma; Billy ist ganz froh, nun kann er sich ganz seiner Sucht auf Kosten der Malocher hingeben. Na ja, auch hier kommen keine Gewissensbisse auf, Billy hat zwangsweise jahrelang in seine Arbeitslosenversicherung eingezahlt.

Billy 'the Strongcollector' sammelt, sammelt, sammelt, wahllos ohne lange nach zu denken alles dessen er habhaft werden kann. Nach zwei Jahren Sammeltätigkeit, seine Lagerhalle ist randvoll, überlegt Billy, "Du kriegst, so wie du vorgehst, niemals irgendeine Sammlung komplett." Billy ist Perfektionist, er will Sammlungen vollständig haben, halbe, dreiviertel, einzehntel, siebzehntausenstel Sammlungen frusten Billy den pedantischen Perfektionisten. Billy 'dem Süchtigen' wird langsam klar, dass er zielgerichteter vorgehen muss. Daher nimmt er sich vor zunächst eine Sammlung vollständig, das heißt komplett, zu kriegen.

Münzen? langweilig, das gibt es schon.

Billy will komplette Sammlungen, die bislang niemand jemals gesammelt hat.

Billy entschließt sich seine Lampensammlung zu vervollständigen. 90 %, glaubt er, hat er schon.

Asram ich komme.

Billy nimmt sich vor alle Asram-Lampen-Typen mit Fertigung in der Zeit 1.1.99 bis 31.12.99+9 zu sammeln.

Eine komplette Sammlung heil, funktionstüchtig;
eine komplette Sammlung defekt, aufgebraucht;
will Billy zusammenbringen.

Der Anfang ist leicht. Billy sortiert seinen Asram-Lampen-Bestand und sortiert heil von kaputt.

Billy kontaktiert die Firma Asram zunächst über das Internet, und druckt sich die momentane Produktpalette von Asram aus. Das reicht Billy 'the Strongcollector' nicht. Billy nervt nun die Firma Asram, freundlich, scheißfreundlich grinst und labert vor sich hin: er sei Professor in Oxford am Institut für 'Angewandete Sozioökologenetik, und hofft das das Wort angewandete als angewandte verstanden wird; er braucht die Informationen über die Produktpalette der Firma Asram in der Zeit 1.1.99 bis 31.12.99+9 für eine wissenschaftliche Abhandlung auf dem Gebiet 'motorische Idealistik' und Billy verspricht der Firma Asram die Firma Asram wohlwollend in seinen bahnbrechenden Werken zu erwähnen.

Billy erhält tatsächlich die kompletten Unterlagen der Firma Asram nach zwei Tagen auf seinem FAX.

Billy erfährt, dass die Firma Asram 431 Produkte in der Zeit 1.1.99 bis 31.12.99+9 produziert hat.

Billy muss erkennen, dass er sich mit seiner Einschätzung, er hätte 90 % der Produktpalette von Firma Asram schon zusammen, getäuscht hat. Ganze 41 % der Produktpalette hat er zusammengetragen.

Nun vergleicht Billy seinen Bestand, 'Istliste' mit der Asram Liste 'Sollliste' und hält fest, welche Lampen ihm fehlen um den Gleichstand der Sollliste. mit der Istliste zu erreichen.

Billy macht sich nun gezielt auf die Suche.

Insgesamt fehlen ihm 354 Lampen.

Stopp, Billy hat heile Lampen mehrfach, die im Bestand defekt fehlen. Es gibt für Billy nichts Einfacheres als eine heile Lampe kurz in eine defekte Lampe zu verwandeln. Kurz 50 % Überspannung einschalten, und schwups ist aus heil defekt geworden; Billy kennt filigranere Methoden um ganz schnell, kurz nach jeder Garantiezeit eines Gerätes schwups aus heil einen nicht zu reparierenden Defekt zu machen. Diese Verfahren werden gern von Geräteherstellern eingesetzt. Daher muss Billy doch bald alle halbe Jahr alle seine technischen Geräte von

Afterrasierer über Computer zu Kaffeemaschine bis Tümmler auswechseln. Billy ist noch nicht so verblödet und verkommen, dass er nicht weiß, dass er, als er noch gearbeitet hat, dieses Spiel mit etwas schlechtem Gewissen bis zu seiner Erträglichkeitsgrenze mitgespielt hat.

Die Suche des Billy 'the Strongcollector' reduziert sich auf 231 Asram Objekte. Asram kann nicht liefern, nur Nachfolgetypen, für die sich Billy nicht interessiert. Großhändler, die Produkte von Asram vertreiben, können nicht liefern, nur Nachfolgetypen für die Billy sich nicht interessiert.

Asram ich komme.

Billy besucht Flohmärkte. Das eine oder andere Stück zu seiner Sammlung kann er ergattern. Leuchten aus seinem Zeitraum kauft er einfach, in der Hoffnung, sie enthalten Lampen die er sucht, Billy wird fündig und kann seine Sammlung erweitern. Die gekauften Leuchten verschrottet er, niemand kann damit etwas anfangen.

Vier Bereiche der Asram Lampen sind nur schwer auftreibbar: Glimmlampen, Stroboskoplampen, und Quecksilberdampflampen.

Asram ich komme.

Billy sucht nach Glimmlampen. Er sucht Häuser die in den Jahrzehnt errichtet wurden für das er Lampen sucht, weis Billy doch, dass in Tastern für Treppenhausbeleuchtung seine Objekte auffindbar sein müssen. Einen Blaumann überstreifend und irgendwo klingeln wird schon Routine. Auf die Frage "Wer ist denn da?" sagt Billy "Der Elektriker, ich soll hier die Treppenhausbeleuchtung reparieren" und schon wird ihm geöffnet. Schon im achten Haus wird Billy fündig, nach dem er sich bislang nur mit Produkten der Asram Konkurrenz hat rumschlagen müssen. Er baut alle achtundzwanzig Lampen, die er gefunden hat aus.

In seinem Labor gelingt es ihm hinreichend viele davon zu zerstören und seine Sammlung ist im Bereich Glimmlampen nunmehr komplett.

Einen Typ Leuchtstofflampen benötigt Billy auch noch. Er sucht, sucht, sucht. Eines Tages findet er sie in einer Kleinstadt in Straßenleuchten.

Auf geht's, Billy mietet einen Hubwagen, beschriftet ihn, so dass das ganz offiziell aussieht, zieht seinen Blaumann an und rückt den Straßenleuchten zu Leibe. Als er in sechs Metern Höhe die Leuchte öffnet um die Lampen zu Klauen, hält ein Streifenwagen an, und ein Polizist ruft Billy zu:

»Was tun Sie denn da?«.

»Sind Sie blind oder doof? Ich repariere die Straßenbeleuchtung! Immer wird sich beschwert, dass die Straßenbeleuchtung defekt ist. Nun wo der Stadtrat ein paar Mäuse zur Reparatur locker gemacht hat, werden schon wieder Gelder verschwendet in dem Sie mich bei meiner Arbeit aufhalten. Man sollte Ihnen die Kosten von Ihrem Gehalt abziehen!«

Billy dreht sich um und klaut weiter. Er klaut weitere Lampen in drei weiteren Leuchten und verschwindet dann so schnell er kann.

Quecksilberdamplampen klaut Billy, wie üblich ohne schlechtes Gewissen, in einer alten Dorftankstelle an einem Sonntag kurz vor Sonnenaufgang.

Zwei Typen von Stroboskoplampen benötigt Billy noch zur Komplettierung seiner Sammlung. Er konnte sie bislang nicht auftreiben. Er weiß, diese Lampen wurden fast ausschließlich in Drehzahlmessern verwendet. Billy besucht den entsprechenden Handel und fragt nach Gebrauchtgeräten. Monatelang ohne Erfolg. Auch auf Schrottplätzen wird Billy 'the Strongcollector' nicht fündig. Eine Lampe ergattert er bei einem Sammler wie ihm, Billy schätzt ihn aber eher als Schrebernatur ein, einer der hortet und nichts wegwerfen, heute nennt man das entsorgen, kann.

Für einen kurzen geistig lichten Moment, Billy hat diese Momente gelegentlich, muss er sich eingestehen, er ist doch auch

Schrebernatur geworden. Er redet sich aber damit heraus: Er ist doch Sammler und will der Nachwelt komplette Sammlungen hinterlassen. Er fragt sich niemals ob sich irgendjemand jemals für das was er tut interessieren wird.

Drei Lampen benötigt Billy noch, er kann sie nicht auftreiben, in allen Firmen, Gewerbeschulen und Instituten in die er einbricht oder harmlos tuend herumläuft findet er nichts. Billy muss sich eingestehen, er ist gescheitert, er bekommt seine Sammlung nicht komplett. Seinen Suchbereich international auszuweiten scheitert an seinen finanziellen Mitteln, lebt er doch mittlerweile von der Arbeitslosenhilfe, er hat seine bequeme Wohnung längst aufgegeben da er die Kosten dafür nicht mehr tragen kann.

Billy gibt nicht auf. Er definiert immer neue Sammelgebiete, die er in seiner Hartnäckigkeit verfolgt und mal für mal scheitert, er bekommt keine Sammlung komplett.

Als Billy sich aufmacht die Werke des Leonardo da Vinci im Original zusammenzutragen landet er unweigerlich in einer Anstalt, die im Volksmund Klapsmühle genannt wird. Die komplette Picasso Sammlung sollte den krönenden Abschluss seiner Sammlungen werden.

Hier in seiner neuen Umgebung, fängt Billy 'the extrem Strongcollector' sofort an Pinkelpötte zu sammeln. Er hat aber wenig Hoffnung eine Sammlung vollständig zusammen zu tragen. Irgendjemand klaut ihm immer wieder die zusammen getragenen Töpfe.

Hass,

oder wie Tetsche sich
von seiner Heimat abkoppelt

Es lebte ein Mann, der sich schlicht Tetsche nannte, jahrzehntelang in einem Staat X. Für Tetsche's Empfinden lebte er immer in einer Bananenrepublik allerschlimmster Couleur den er nur noch Pissssstaat nennt.

Tetsche ist in diesem Staat geboren, aufgewachsen, zur Schule gegangen, hat eine Lehre abgeschlossen, hat dann ein naturwissenschaftliches Studium absolviert, hat gearbeitet in diesem Staat, hat seine Steuern bezahlt, ist seit 21 Jahren kinderlos verheiratet, und führt eigentlich ein normales, Tetsche nennt das scheiß-bürgerliches zwar X-staatsfeindliches und X-staatsverachtendes Leben, doch er ist völlig unauffällig.

Das Eigentümliche ist aber, dass Tetsche sich niemals in diesem Staat heimisch gefühlt hat. Seit seinem erwachenden Bewusstsein im Alter von 6 Jahren empfindet Tetsche ein Unbehagen gegen diesen Staat.

Dieses Unbehagen gegen diesen Staat wächst und wächst und wächst im Laufe der Jahre und Jahrzehnte immer weiter an, bis zur Unerträglichkeit, bis zum

totalen Hass.

Tetsche hätte Jahrzehnte lang nicht geglaubt, dass er hassfähig werden könnte.

Tetsche ist Intellektueller und steckt jahrelange Arbeit in das einfache Problem: Was ist eigentlich der Grund seiner immer weiter wachsenden Abneigung gegen diesen Staat in dem er lebt.

Tetsche als Mathematiker beschreibt diesen Vorgang als monoton wachsende Funktion, die er 'Frust' nennt.

Überall wo Tetsche jemals im Ausland gewesen ist, hat er sich immer wohl gefühlt.

Sei es in Schweden, Dänemark, Norwegen, England, Belgien, Niederlande, Luxemburg, Frankreich, Spanien, Italien, Liechtenstein, Andorra, Jersey und wo Tetsche sich überall rumgetrieben hat.

In vielen Orten hätte Tetsche sofort heimisch werden können.

Pardon, Tetsche muss sich korrigieren. 10 Stunden in seinem Leben hat sich Tetsche in Marokko aufgehalten, das ist nicht sein Land, in Marokko hat sich Tetsche noch unwohler gefühlt als 'zu Hause'.

Tetsche hat sehr wohl gemerkt, dass er auf Grund seiner Staatszugehörigkeit zu X nirgends wirklich gern gesehen war. Franzosen mögen verständlicherweise nun mal Leute aus Tetsche's Heimat nicht.

Tetsche hat viele Fehler in seinem Leben begangen. Er hätte sein Land verlassen müssen als er noch reale Möglichkeiten hatte, Canada war eine Möglichkeit, Tetsche hat sie ausgelassen.

Wenn Tetsche nach Canada gegangen wäre, hätte er sicherlich seine immer geliebte Frau nicht geheiratet.

Tetsche's Abneigung gegen seinen? Staat entwickelt sich im Verlaufe der Zeit zu Hass s. o.. Er versteht langsam die Gründe für seine Abneigung gegen X immer besser.

Tetsche koppelt sich, langsam aber sicher, immer weiter von seinem Staat ab. Er erreicht eine fast vollständige Abkoppelung. So etwas Eigenartiges wie Steuern kennt Tetsche nicht mehr. Abgaben an diesen Staat kann Tetsche doch wirklich nicht mehr mit seinem guten Gewissen vereinbaren; aber er hinterzieht auch keine Steuern, wie geachtete, 'HUHU' Bürger und Politiker wie Otto-Graf-Lambsdorff in seinem Staat zu es tun pflegen. Wählen? Nein danke sagt Tetsche sich. Von den Leuten, die sich zur Wahl stellen, doch bitte <u>keinen</u>! Tetsche gibt niemanden mehr ein Mandat um sich von seinem gewählten Mandanten in seinen Arsch treten zu lassen!

Tetsche Formuliert zu seinem äußersten Vergnügen Sätze wie:

Tetsche möchte auch die formelle Zugehörigkeit zu seinem von ihm so gehassten Staat aufheben. Sein Ziel ist staatenlos zu werden, weil er die Machenschaften seines Staates nach Innen und Außen in *seinem guten Namen* nicht mehr mittragen will und geistig auch nicht kann.

Leider ist es nicht so einfach aus einem Staat auszutreten, wie aus einer Kirche. Tetsche liest die Verfassung, und etliche andere Gesetzbücher, findet aber nichts. Er findet nur, dass der Staat *ihn* nicht kündigen kann; er findet nichts, dass *er* seinem Staat kündigen kann. Tetsche ist sich aber ganz sicher, dass er seinem? Staat die Zugehörigkeit vor die Füße werfen kann.

Auch seine Anwälte können oder wollen ihm nicht helfen.

Einen Trost hat Tetsche: Pissststaat schreibt sich auch nach einer Rechtschreibreform weiterhin Pissstaat, daran muss Tetsche in seiner Schreibweise nichts ändern.

Muss Tetsche in einem Pissstaat leben? Vermutlich JA! Aber Tetsche muss nicht X-Staats-Pisser werden.

Daher entschließt Tetsche sich zu einem Abenteuer ganz besonderer Art:

Er will bewusst seine Muttersprache *verlernen*.

Tetsche will seine Muttersprache durch Englisch ersetzen, eine Sprache, die er nicht perfekt beherrscht, aber doch eigentlich ganz gut, auch wenn er etwas aus der Übung ist.

Tetsche versucht es monatelang mit autogenem Training, ohne den geringsten Erfolg.

Tetsche versucht in Englisch zu denken, das gelingt sofort, aber er fällt immer wieder in seine Muttersprache zurück. Er muss sich mal für mal bewusst zwingen, in seiner Muttersprache zwingen, in Englisch zu denken, wenn er sich nicht mal für mal zwingt, fällt er sofort in seine gewohnte Muttersprache zurück.

Das ist keine Lösung.

Tetsche fängt an nur noch Englisch zu lesen, das bringt ihn nicht weiter, außer dass er seine Sprachkenntnisse erweitert.

Tetsche fängt an nur noch Englisch zu sprechen, das bringt ihn nicht weiter, außer, dass er seine Sprachkenntnisse zu erweitert.

Schon mehr als 2 Jahre experimentiert Tetsche herum, er muss sich eingestehen, dass er seinem Ziel kein Stück näher gekommen ist.

Er kann immer noch in seiner Muttersprache lesen, sprechen und hören; völlig unabhängig davon ob Tetsche in dem was er in seiner Muttersprache hört oder liest irgendeinen Sinn erkennen kann, das war schon immer so.

Wer glaubt, dass Tetsche resigniert aufgibt, unterschätzt Tetsche's Hartnäckigkeit gewaltig! Die Misserfolge stacheln ihn nur weiter an.

Tetsche überlegt eine andere Strategie; wenn es nicht gelingt in einem Zug seine Sprache umzustellen, gelingt es eventuell Wort für Wort. Er fängt an zu trainieren. Er ersetzt ich durch I und der-die-das durch the.

This Strategie greift überraschend schnell. Tetsche hat nicht the leisesten Probleme mit this Formulierungen. Er übernimmt auch fast automatisch the neue Sprechweise in sein Denken. Angeturnt von the Erfolgen ersetzt Tetsche weitere Wörter: ein durch one, er-sie-es durch he-she-it, nicht durch not, und durch and and ist durch is. He traut sich nun auch zu damit zu beginnen the Adjektive and the Verben one bei one zu ersetzen aber he traut sich noch not zu the Substantive zu in the gleichen Sinne zu behandeln.

One the Probleme is the Grammatik. He ignoriert this Problem zunächst völlig.

Tetsche ersetzt weiterhin Wörter in his Sprachgebrauch, bei durch by, gebrauche by use, nach by after, sehr by very, gut by good, versuchen by try et cetera.

This Sprachusing used Tetsche for two Jahre. And he bemerkt that no Mensch in his Staat glaubt he is Einheimischer.

This is a very good Gefühl for Tetsche.

After the two Jahre in this Weg Tetsche trys to use the Ersetzung from Substantiven from his Muttersprache by Substantiven in English.

He begins with simple Wörter, Wort by word, Hause by house, Auto by car, Mutter by mother, Jahr by year, Grammatik by grammar and so on.

It works, Tetsche is happy. The problem is the grammar.

Tetsche trained and trained, for several yaers. His Sprache becomes more and more englisch Fühlung, and he change word by word from his Muttersprache into englisch, and he forgets the changed words in his Muttersprache.

Once a day, Tetsche drived his car in the Rechtsverkehr in the streets of his town and was stopped by a Polizeiwagen.

»Ihre Papiere bitte mein Herr!«

Tetsche can't understand this gentleman.

»What's the matter Sir's?« asked Tetsche

»Also, wenn Sie uns hier verscheißern wollen du dämlicher Scheißbürger, musst du schon etwas früher aufstehen.«

Tetsche can't understand the policeman.

»What can I do for you gentlemen?« ask Tetsche.

»Her mit die Papiere, aber Dalli, sont's knallts du dusseliger Pissbürger!«

Tetsche understood his aggressive pronunciation and ansered:

»Never talk to me in your dirty crazy motherfucking language! I can't understand you.«

In this moment Tetsche lost all his aknowlege of his old motherfucking language!

The four policemen pulls and tugs and drags Tetsche out of his car by using there amrs. The policemen breakes Tetsche his two arms und his left leg and cut off his right ear. Tetsche awoke in a in hospital.

Tetsche is happy, the game is over, Tetsche is the winner.

Die Quiz Show

Die Sechser-Crew hockt eines Abends mal wieder bei ein-zwei-drei.... Bier im Bierkeller ihres Studentenheimes zusammen. 3 Boys und 3 Girls.

Sie sind allesamt Studenten kurz vor ihren Diplomen und Staatsexamen in Physik, Mathematik, Informatik, Elektrotechnik, Medizin und Politologie.

Beim 4. Bier bemerkt Dschinny der Diplomand in Mathematik und Physik mal so nebenbei »Die Quiz Show muss doch zu knacken sein.«

Rute die angehende Politologin, wie Dschynny's Mutter dazu sagen würde, bemerkt: »Was um alles in der Welt ist eine Quiz Show Dschinny?«.

»Ich meine diese gleichnamige Sendung Tag für Tag in SAT1. Da kannst Du 512 kDM gewinnen wenn Du 10 Fragen beantworten kannst.«

»Das kann doch nicht so schwer sein.« entgegnet Haribo der Informatikstudent.

»Wir gucken uns das morgen Abend einmal an. Ich hab da so eine Idee. 512 kDM könnten wir doch gut gebrauchen um uns besser auf unseren Abschluss vorbereiten zu können. Endlich mal ein paar Monate ohne Maloche, sich nur noch auf das Examen vorbereiten können, das wäre doch was. Für jeden von uns springt, gib mir doch mal einen Taschenrechner,« niemand hat einen dabei, Dschinny sinniert wieder in seiner Denkweise vor sich hin 'Die Anzahl von Taschen ist sehr viel größer als die Anzahl von Taschenrechnern, warum heißt Taschenbuch bloß Taschenbuch, wenn es nicht in jede Tasche passt?', Dschinny besorgt, Pardon leiht, kurz einen von einem anwesenden Kommilitonen und errechnet: »für jeden von uns springen DM 85,333.33 Periode heraus. Damit sind wir momentan alle Sorgen los. Ich würde gern noch promovieren.«

»Spinnst Du schon wieder Dschinny, es gibt keine 33-Pfennige-Periode!« sagt Rotkraut die Medizinerin launig.

»Ich rechne sie aber aus. Mein Supermarkt verlangt von mir auch gegen jede seiner und meiner Wirtschaftlichkeit Pfennige von mir.« Dschinny ist sich sehr bewusst, dass er wieder etwas launig an der Sache vorbeiredet und setzt nach, dafür ist er bekannt: »Die 2 Pfennige, die nicht unter uns aufteilbar sind, können wir ja gemeinschaftlich versaufen, das wird eine riesen Party, das verspreche ich Dir Rotkraut. Ich hab da so eine Idee Leute,« wiederholt Dschinny »wir sehen uns morgen Abend um 18 Uhr in unserem Fernsehraum aber bitte nicht c.t.« und lädt das Sechser-Team ein und denkt an einen Sechser-Pack.

Die Sechser-Crew versammelt sich pünktlich und sieht sich gemeinsam aufmerksam die Quiz Show an.

Nach dem Ende der Sendung bemerkt Kingkong, der sonst so schweigsame Informatiker:

»Worin liegt der Witz Dschinny? Die Spielregeln haben wir alle begriffen. Wohl kaum jemand wird jemals alle Fragen beantworten können.«

»Du täuscht Dich Kingkong, es gab ein paar Kandidaten, die das geschafft haben. Niemand traut sich jedoch das volle Risiko einzugehen. 'Alles oder Nichts' spielt Niemand. Alle wollen verständlicher Weise mit einem Gewinn nach Hause gehen.«

»Tut mir leid Dschinny, wir können Dir nicht ganz folgen. Erklär uns doch einmal Dein Vorhaben.« fordert Pauline die E-lektrotechnikerin.

Dschinny atmet tief durch und führt umständlich aus:

»Es gibt zu viele Filme, als dass irgendjemand alle gesehen haben kann und alle Schauspieler in allen Filmen namentlich bis hin zur 7. Nebenrolle kennen kann. Es gibt zu viele Bücher, als dass irgendjemand alle gelesen haben kann geschweige denn jeden Autor kennt und wie die Heldin in irgendeinem Werk heißt.«

Etwas launig fragt Dschinny Rute »Was meinst Du Rute wie viele Bücher sind zurzeit in Deutschland lieferbar?«

Er provoziert Rute, weiß er doch, dass ihr Größenordnungsgefühl so mangelhaft ist wie bei fast allen Politologen, Juristen, Germanisten....

Rute überspielt. »Du meinst doch Buchtitel.« 1:0 für Rute. »Nun aber los Rute.«

»Fünfzigtausend.?« »Ich muss Dich enttäuschen. Die Größenordnung ist: 2 Millionen!«

Schweigen. Dschinny:Rute 1:1.

»Ich nehme den Faden wieder auf.« sagt Dschinny. »Als Einzelkämpfer ist der Pott der Quiz Show wohl kaum zu knacken. Unser Team, unsere Crew sollte dazu aber in der Lage sein, aus eigenem Wissen, mit Literatur und mit jeder DV Unterstützung. Ich sehe das als Herausforderung an. Das kann sehr lustig und ein bisschen lukrativ werden.«

»Wie stellst Du Dir das konkret vor?« fragt Rotkraut.

»Einer von uns bewirbt sich als Kandidat. Ich habe das längst getan und auch die 'Aufnahmeprüfung' bestanden und stehe somit auf der Kandidatenliste. Derjenige von uns, der wirklich in der Show befragt wird, erhält alle Unterstützung von den anderen zur Zeit des Geschehens.«

»Wie soll denn das gehen?« fragt Haribo. »Ehrlich gesagt, das halte ich für eine saublöde Frage. Meine Vorstellung ist, dass Pauline und Du ruck-zuck eine Übertragungsstrecke zusammengebastelt, Pardon basteln nehme ich zurück, baut. Lasst Euch etwas einfallen, Ihr seid die Profis. Wir bauen kurz eine Zentrale auf, technisch hinreichend ausgestattet.«

»Ich kann nicht 10,000.- investieren.« entgegnet Rute.

»Müssen wir auch nicht. Wir alle haben doch Internet-fähige Rechner, wir brauchen nur noch einen Raum mit 4-5 Telefonanschlüssen und einer Antennensteckdose. Ich kümmere mich darum, wenn Ihr bei diesem Spiel mitmacht.«

»O.K. bis morgen. Vielleicht wird das nicht ganz so langweilig wie FC-Bayern gegen FC-Wolfsburg.« murmeln alle. Dschinny grinst und bezeichnet

FC-Bayern : FC-Wolfsburg als OPEL : VW,

das steht doch auf deren Trikots drauf.

»Aber pünktlich 18 Uhr st bei mir.« ruft Dschinny dem abrückenden Team nach.

Dschinny ist am nächsten Tag ganz entgegen aller seiner Gewohnheiten fleißig.

Ohne jede Schwierigkeit gelingt es Dschinny einem Raum in seinem Studentenheim aufzutreiben und in Beschlag zu nehmen, er nutzt seine guten Beziehungen zum Hausmeister Herr Wilkens und labert 'manus manum lavat' vor sich hin mit seinem kleinen Latinum. Ungenutzte 'Gemeinschaftsräume' gibt es reichlich in seinem Studentenheim. Tische rein, Stühle rein, Dschinny mopst aus dem Fernsehraum 3 den Fernseher, niemand wird ihn vermissen, niemals hat Dschinny irgendwann irgendjemand da angetroffen, der dort ferngesehen hat. Der Hausmeister guckt Dschinny fragend an, Dschinny legt nur seinen rechten Zeigefinger über seine Lippen und der Hausmeister versteht.

»Wozu brauchen Sie denn soooooo viele Telefonleitungen Herr Dipsard?« »Die Sechser-Crew, Sie kennen uns doch, will ein Projekt bearbeiten mit Nutzung des Internets. Mir sans ja so modern.« labert Dschinny und versucht sich in südländisch. Er muss noch nicht einmal schwindeln, worin das Projekt besteht bleibt selbstverständlich top secrete.

»Wir beide« bemerkt Dschinny kumpelhaft »müssen noch den Schließ-Zylinder wechseln und wir brauchen 6 Schlüssel. Wir stellen Geräte in diesen Raum vom Wert etwa 50-tausend!«

»Das machen wir schon.« bemerkt Herr Wilkens.

In einer ¼ Stunde ist auch das erledigt. 'Endlich mal etwas was ohne Papierkram in 4 Abschriften und ohne Verzögerung und ohne Rechtsstreitigkeiten läuft.' bemerkt Dschinny für sich.

Dschinny macht sich auf und besorgt 1 Kiste Flens, das Lieblingsbier von Hausmeister Wilkens. Er stellt die Kiste einfach vor seine Tür mit einem handgeschrieben Zettel

'Danke für alles, Dipsard genannt Dschinny. Das Telefon kriegen wir auch noch hin.'

Dschinny trägt seine Geräte, heutzutage Hardware genannt, in Raum 1994 und hängt an seine Zimmertür einen Zettel mit der Aufschrift

'Bin im Raum 1994'
unser Raum'

und beansprucht diesen Raum 1994 nun als sein Arbeitszimmer. Pünktlich ist das Team zusammen und zieht sich die Quiz Show rein, so nennt man das doch im heutigen Sprachgebrauch.

»Wie Ihr seht bin ich nicht ganz faul gewesen. Die Vorlesung 'Drehimpulse in der Quantenmechanik habe ich heute sausen lassen, das kenne ich doch in-und-aus-wendig.«

Jeder der Sechser-Crew erhält einen Schlüssel für Raum 1994 und Dschinny nimmt Rotkraut zur Seite:

»Lass es Rotkraut, ich würde es nicht als Spaß empfinden wenn Du in meiner fast fertigen Diplomarbeit Änderungen vornimmst. Ich weiß Du würdest das gern tun und spaßig finden, ich nicht!«

»Nicht nur Du hast etwas getan, auch Pauline und ich waren fleißig.« sagt Haribo. »Wir haben bei CCS Seliegenstadt Hardware bestellt. Wir denken in etwa einer Woche eine Kommunikationseinrichtung parat zu haben.«

'Seliegenstadt' denkt Dschinny bei Wanzen und grinst, sein bekanntes Grinsen kann immer nur er mit seinem etwas feinsinigem Humor verstehen.

Nun geht alles recht schnell. Das Sechser-Team trifft sich Abend für Abend, guckt die Quiz Show an, protokolliert die Fragen und versucht Antworten zu geben. Ein Gutteil der Fragen können von der Crew aus ihrem Wissen sofort beantwortet werden. Antworten auf die anderen Fragen müssen gesucht werden. In Büchern oder speziell im Internet, darin liegt ja für Dschinny der Witz; das ist die Herausforderung nicht nur an das Team, sondern auch an das Netzwerk. Das Team wird immer schneller. Nach 2 Wochen Training gelingt es jede in der Quiz Show vorgestellte Frage innerhalb von 90 Sekunden schlüssig zu beantworten mit entsprechenden Hilfsmitteln.

Dschinny, Herr Dipsard, wird wider Erwarten schnell zur Teilnahme als Kandidat der Quiz Show von SAT1 eingeladen. Mag es daran liegen, dass er seine Adresse in Berlin angegeben hat? Termin: 17.4.2001 19:40 Uhr.

Das Team ist bereit. Letzte Testphasen werden durchlaufen. 4 Computer mit Inernet-Verbindung stehen parat, ein paar Handbücher sind aus der Uni-Bibliothek ausgeliehen, der Fernseher mit Video-Recorder ist installiert, und die Kommunikationsverbindung Zentrale / Ohrknopf-Dschinny hat alle Tests erfolgreich überstanden.

Der Countdown läuft nun. Letzte Absprachen werden getroffen. »Alle Gewinne werden 1/6 verteilt ohne jede Einschränkung. Im Falle unsere Manipulation fliegt auf, werden wir gemeinsam dazu stehen. Man wird uns eine Betrugsabsicht unterstellen, der wir begegnen: dies ist ein klassischer studentischer wissenschaftlicher Gag. Seit wann darf beim Spielen nicht geschummelt und gemogelt werden?« Rotkraut bekommt kugelrunde Augen was Dschinny sofort bemerkt.

»Na Rotkraut, wir beide sind es doch die gelegentlich zu unserem Vergnügen an Pokerpartien mit limitierten Einsätzen teilnehmen. Jeder Fußballspieler, jeder Tennisspieler, jeder Schachspieler et cetera wird versuchen seinen Gegner auszuspielen, auszutricksen. Das ist der Sinn eines Spieles. Gewinnen im Rahmen der Spielregeln. Wenn ein Foul nicht erkannt wird war's kein Foul.« Schweigen im Raum, für Dschinny nicht ganz unverständlich, da alle diese Themen längst in der Gruppe erörtert wurden.

»Wenn wir auffliegen werden wir richtig berühmt, was unserer Karriere nur förderlich sein kann. Wochenlang wird diese Posse durch alle Zeitungen, Magazine und Zeitschriften geistern.« ermutigt Dschinny und glaubt daran, er weiß, dass das so ist. So etwas ist im 'öffentlichen Interesse' wohingegen fragwürdige Polizei- oder Militär-Aktionen kaum öffentliches Interesse finden.

»Sind die Konditionen klar?«

Ein 5-faches 'JA' vernimmt Dschinny. Keine Diskussion erfolgt, keine weiteren Erörterungen folgen.

Dschinny schläft die folgende Nacht schlecht, eigentlich gar nicht. Er hat etwas anderes gewollt: Aufbau eines Teams für eine definierte Aufgabe. Unter Team versteht er Gleichberechtigung und gleiches Engagement aller Team-Mitglieder. Er, Dschinny der Initiator und Vorantreiber des Projektes, sieht sich nun von den anderen in eine Führerrolle gedrängt, die er nicht einnehmen wollte. 'Du bist doch nicht zu einer Göbbelsminiaturausgabe geworden, gemacht worden?' grübelt er vor sich hin.

Am Freitag den 13.4. zwanzighunderteins wie Dschinny das nennt, er kann sich an zweitausendeins schlecht gewöhnen, wird der Pott geknackt! Dschinny hat die Liveshow nicht gesehen. Er hegt aber den Verdacht, dass es sich um einen Werbe-Gag von SAT1 handelt. Das Datum spricht für sich, und der Kandidat war, wie Dschinny am nächsten Tag in den Nachrichten erfährt, ein Krawattenträger.

Am 17.4.2001 läuft die Show mit Herrn Hendrick Dipsard, Dschinny genannt, als Kandidat der Quiz Show.

Die Zentrale der Sechser-Crew, ausgestattet mit 4 Internetfähigen Rechnern, Literatur, Fernseher mit Video-Recorder und Kommunikationsverbindung zu Dschinny stehen bereit.

Dschinny's eigentlichen Wunsch wird SAT1 sicherlich nicht erfüllen können:

Nur eine einzige Woche mal in der Wohngegend seiner Mutter in Hamburg im Umkreis von 250 m um ihre Wohnung keine Straßenbutteleien.

Daher ist Dschinny's Wunsch in der Quiz Show die Bezahlung der Aufrüstung seiner Kommunikationsmöglichkeiten, wie er sich ausdrückt; für seine Arbeiten und sein Hobby. Der Betrag ist DM 1,133.24, genau der Betrag, den das Team zur Überlistung der Quiz Show investiert hat.

Der Show-Master bemerkt die Hinterlistigkeit selbstverständlich nicht. Die Kiste Bier für den Hausmeister ist dabei. Bier ist auch Hardware oder doch eher LCD? Eine Kiste Bier ist Hardware und der Inhalt der Hardware ist flüssig und kein LCD ruft sich Dschinny zur Ordnung. Bier ist Bier.

'Hoffentlich grinst du nicht zu erkennbar' grinst Dschinny vor sich hin.

'Immer schön cool bleiben' obwohl Dschinny weiß, dass er die Bedeutung des Sprachgebrauchs 'cool' sicherlich niemals ganz verstehen wird. Heißt 'cool' gelassen, gelassen tun, Pokerface aufsetzen, souverän tun/sein oder wie oder was? Er ist wohl nicht amerikanisch genug um das zu verstehen, nur Amerikaner können den Vietnamkrieg begreifen, Dschinny nicht.

Die Frage "Aus wie vielen Grundfarben ist ein PAL-Fernsehbild zusammen gesetzt" beantwortet Dschinny lässig mit 3 und der Bemerkung:

»4-Farbdruck ist besser.«

Setzen auf volles Risiko ist nun angesagt.

Die folgenden 4 Fragen kann Dschinny lässig-leicht beantworten, die Zentrale des Teams meldet sich und bestätigt. Dschinny verfolgt die Antwort-Verzögerungs-Taktik und windet sich um alle Antworten herum obwohl er sie spontan richtig beantworten kann. Hoffentlich guckt jetzt sein Professor nicht zu, die nächste Prüfung ist terminiert, denn so wie nun, wird er in Prüfungen nicht antworten. Er wird gerade schnell antworten auf Fragen die er beantworten kann, was er weiß, und gegebenenfalls zugeben, dass er nicht alles weiß.

Dschinny stellt sich das Team in der Zentrale als gelangweilt rumsitzend vor.

Die 6. Frage kann Dschinny nicht mehr beantworten, er weiß wirklich nicht mit wem Frau Hasenfuß jemals verheiratet gewesen ist. Das Team findet es in 33 Sekunden heraus und piept '4' durch. Also '4', also richtig.

Die Frage 7 ist von Dschinny wieder sofort beantwortbar. Er testet sein Team und redet dummes Zeug vor sich hin, 'ich weiß das wieder nicht genau, '3' kann ich ausschließen '2' könnte sein '7' in keinem Fall et cetera. Er erhält keine Rückmeldung von seinem Team und entscheidet sich für '1', was richtig ist.

Die Frage 8 kann Dschinny wieder nicht beantworten. Dschinny schwitzt und labert vor sich hin bis er die erlösende Meldung '3' nach 113 Sekunden von seinem Team erhält.

Bei der Frage 9 schwitzt Dschinny noch mehr und labert fast trunken immer weiteres wirreres dummes Zeug um Zeit für die Crew in der Zentrale zu schinden.

Dschinny tut so als ob er überlegt, er kann die richtige Antwort nicht geben und schindet Zeit.

»Wir kriegen das schon noch hin.« sagt Dschinny.

»Wer sind wir?« antwortet der Showmaster mit leichtem Misstrauen.

Bewusst langsam redend entgegnet der Kandidat Dschinny:

»Na, Sie und ich. Das Publikum kann ich ja nicht fragen, das würde ja gegen die Spielregeln verstoßen, wir wollen doch fair bleiben.« Pause.

»Können Sie Antworten ausschließen?« fragt der Showmaster.

»Definitiv schließe ich die Antworten '2' und '7' aus. Ich schwanke zwischen '4' und '5'. Er muss noch ein wenig darüber nachdenken.«

»Wer ist 'Er'?«

»Er ist ich. Ich rede mit mir immer in der Dritten Person, das hat er von der QUEEN gelernt«.

»Die QUEEN war oder ist Ihr Lehrer?«

»Sehr wohl.« entgegnet Dschinny und wird ausschweifend »Bertrand Russel, Albert Einstein, Max Plank, Georg Cantor, Richard Feynman, Arthur Schoppenhauer, er korrigiert Schopenhauer ein bisschen, Johann Amadeus von Goethe wenig, Stefen King schon eher Clive Barker besser, Günter Grass nicht zu vergessen, und die QUEEN und König Gustav Adolf mit seiner von mir so hoch geschätzten Gattin Sylvia sind alle meine Lehrmeister. Er hat viel von ihnen gelernt.« schwafelt Dschinny vorwiegend für sich selbst und zur Ablenkung des Masters und zur Belustigung des Pubplikums vor sich hin.

»Wolfgang Amadeus von Goethe? Verwechseln Sie nicht etwas?«

»Sie haben recht, von Goethe hieß mit Vornamen Johann Wolfgang.

Amadeus kann ich mit Mozart in Verbindung setzen. Wolfgang Amadeus Mozart, wohl der beste Komponist aller Zeiten, das ist aber meine persönliche Meinung, ich persönlich bevorzuge Mick Jagger und die Sexpistols und Nina Hagen, Hardrock und Heavy Metal, je fetziger desto lieber, Michel Jackson ist nun wirklich nicht mein Geschmack. Das ist aber nicht die Frage. Sie verwirren mich immer weiter, er muss sich nun auf die gestellte Frage 9 konzentrieren. Wie lautete die noch mal, er hat das nun vergessen.«

Der Showmaster wiederholt die Frage.

»Beachten Sie das Display vor Ihnen, direkt vor Ihrer Nase.«

»Ach ja, Sie nennen das Display, ich bleibe bei Datensichtgerät und lehne das Wort Monitor dafür schlichtweg ab. Ein Monitor ist per Definition ein Kontrollgerät, was bitte kontrolliert ein Datensichtgerät? Nichts!

Wir sind ein wenig vom Thema abgeschweift. Die Spielregeln sind mir nun wieder klar. Entschuldigung, ich habe mich von Ihnen etwas ablenken lassen.

2 Dinge kann ich noch gleichzeitig erledigen, 3 nicht mehr.

Dies obwohl es keine Gleichzeitigkeit gibt. Max Born hat das mal wunderschön beschrieben. Ich gehöre zu den Menschen, die von sich behaupten Albert Einsteins spezielle Relativitätstheorie begriffen zu haben.«

Dschinny tut wieder so als ob er nachdenkt und murmelt für alle Anwesenden unverständlich irgendetwas vor sich hin.

Nach 158 Sekunden wird Dschinny endlich von seinem Team erlöst. Das Team in der Zentrale sendet Antwort '2' als richtig; Antwort '2' ist richtig.

Dschinny bricht beim Einsatz von DM 512,000.- in der 10. Frage ab. Er erntet Beifall aber auch Buh-und-Feigling-Rufe aus dem Publikum. Er nimmt's gelassen und geht, er geht zurück zum Team in der Zentrale.

Das Team hockt noch im Raum 1994 zusammen als Dschinny zurück kommt und die Sechser-Crew wieder komplett macht.

Irgendwie ist die Stimmung bedrückt im Raum 1994. Dschinny versteht das nicht bis ihm massive Vorwürfe gemacht werden.

»Warum hast Du entgegen aller unserer Absprachen bei der Frage 10 abgebrochen!« wird ihm vorgehalten.

Nun versteht Dschinny das Verhalten 'seines?' Teams und antwortet: »Ihr seid zu lahmarschig. Ich denke nur an die Frage 7. Ich denke an die Frage 9. Ihr habt zu lange gebraucht, das werfe ich euch nicht vor. Jetzt werft ihr mir nicht Versagen vor. 3 Minuten können als unglaublich lang empfunden werden.«

Dschinny ist frustriert und besucht seinen Bierkeller ohne sein? Team auf und lässt sich langsam aber sicher volllaufen.

Eine Woche später geht Herr Dipsard zu seiner Bank und hebt bar

DM 225,000.- von seinem Konto ab. Er bemerkt sehr wohl, dass er etwas komisch angesehen wird, Herr Dipsard besteht aber energisch auf der Auszahlung seines Guthabens und er besteht auch auf Zahlung in seiner angegebenen Weise. Ihm ist es doch völlig wurscht wenn die Bankangestellten 3-mal zu ihrem Tresor laufen müssen. Dschinny denkt in der Wartezeit darüber nach ob er nicht doch seine Bank wechseln sollte. Das wird aber nicht viel nützen. Bank ist Bank. Da können die Banker noch so lange Werbungen machen, Dschinny interessiert sich nicht dafür. Über psychologische Beeinflussung der Werbefritzen ist Dschinny längst erhaben.

Dschinny füllt 5 Briefumschläge mit auf Pfennig genau abgezählten Geld:

DM 42,666.66 für jeden der Crew.

Dschinny überreicht ohne jede Quittung an jeden der Crew seinen Anteil in einem Umschlag. Niemand des Teams bedankt sich, niemand spricht auch nur ein einziges Wort mit Dschinny.

Er legt das nicht verteilbare Geld von von 4 Pfennigen demonstrativ auf den Tisch und sagt (fragt?) in dem er Rotkraut ansieht

»Wollten wir nun nicht eine riesen Party veranstalten hiermit? Wo ist eigentlich mein Videoband abgeblieben?« Dschinny ist frustriert, sind es doch seine Geräte und seine Video-Bänder gewesen für den Mitschnitt der Show. Er erhält keine Kopie.

Die Sechser-Crew geht ohne jedes Wort auseinander. Offenbar für alle Zeiten.

Dschinny wird völlig geschnitten, doch er bemerkt auch, dass die Rest-Crew keinen Umgang mehr untereinander pflegt.

Hausmeister Herr Wilkens ist wohl der einzige der Dschinny's Spiel durchschaut hat, immer wenn er Dschinny sieht grinst er, sagt aber niemals ein Wort zu Dschinny.

'War's das wert?' fragt Dschinny sich und beschließt ein Zweitstudium in Psychologie zu absolvieren um zu verstehen.

Mathematik-Physik-Psychologie ist doch eine interessante Kombination und er denkt wieder einmal an Bertrand Russel, seinem größten Lehrmeister; Mathematiker-Philosoph-(dann für Dschinny leider)-Politiker.

'Ja, es war's wert. Das Geld hilft etwas weiter und die menschlichen Beziehungen wären sicherlich auch beim Bezahlen einer Runde Bier unter Umständen gescheitert.'

Das muss Dschinny lernen, er kann und wird das lernen und ist etwas (stark) enttäuscht.

Die Strafe

'Was sind die Kids heutzutage brav.' sinniert Oberlehrer Schuhmann vor sich hin.

Oberlehrer Schuhmann versucht sich seit Jahren, von Berufswegen, daran, Kindern, Kids und Teenagern in der Oberstufe Mathematik und Physik und Chemie beizubringen. Viel Erfolg hat er mit seinen Bemühungen nicht, kaum ein Schüler interessiert sich für seine Lehrgebiete. Alle Versuche, ein bisschen Action in den Unterricht einzubringen, schlagen fehl und Lehrer Schumann empfindet sich gelegentlich als Kasper, und unterlässt Shows und Showeinlagen, und spart sich somit reichlich Vorbereitungszeit, eine Zeit die er nun für sich sinnvoller auf dem Tennisplatz verbringt.

Seine Lehrtätigkeit wird von den Kids als ein Muss empfunden und entsprechend sitzen sie total gelangweilt aber für Lehrer Schumann erstaunlich brav in den Bänken. Lehrer Schumann ist genauso gelangweilt wie seine Schüler, da macht er sich nichts vor.

Die anderen Lehrer an seiner Schule machen die gleichen Erfahrungen. Kaum ein Kid interessiert sich für Biologie, Geographie, Deutsch und schon gar nicht für Latein oder Altgriechisch. Die einzigen Unterrichtsfächer die bei den Teenagern ankommen sind: Englisch im Sprachlabor und Informatik in den EDV-Räumen. Die Sportlehrer treffen auf unterschiedliches Interesse ihrer Klientel. Einige Schüler mögen die körperliche - sportliche Betätigung, andere lehnen sie ab, wieder andere würden gern mitmachen wenn Inlineskating oder Skateboard-Fahren oder Kampfsportarten auf dem Stundenplan stehen würden, oder wie Kids sich ausdrücken 'angesagt' wären.

Lehrer Schumann muss gelegentlich in der Grundschulstufe aushelfen, der Krankenstand seiner Kollegen wird immer höher. Seine Bemerkungen 'Weniger saufen, vor allen Dingen weniger fressen, weniger glotzen, *von allem ein klein bisschen weniger*' wird von den Kollegen belächelt. Lehrer Schumann ist sowohl bei seinen Schülern durch, weil seine Fächer niemanden interessieren, er ist auch bei seinen Kollegen durch. Auch der Schulleiter macht manchmal unmissverständliche Andeutungen wie: „Schumann, Sie scheinen nicht mehr ganz auf der Höhe der Zeit zu sein. Sie melden sich niemals krank. Wer sich niemals krank meldet muss krank sein. Gehen Sie mal zu einem Arzt, der wird das schon richten." Schumann wird irgendwie zum Außenseiter, zum Faktotum. Ihn stört das wenig, nein: gar nicht, überhaupt nicht. Mediziner? Nein danke, 2 x und nie wieder.

Oberlehrer Schumann ist enttäuscht von seinen Schülern aus der Grundschule. Als er hier das erste Mal eine Vertretung macht sind alle Schüler sauber, ordentlich angezogen, frisch frisiert und gekämmt, gewaschen und deodoriert, die geputzten Schuhe sind schon auffällig, und erst die Ränzel, kein Kid kommt ohne Ränzel auf dem Rücken.
'Was haben die Mamis ihre Gören mal wieder schön anhübscht.' kommentiert Schumann sein gegenüber für sich. Brav sind die auch noch, niemand schwätzt, niemand isst, alle sitzen gerade da mit den Händen auf dem Tisch wie in einem katholischen Mädchenpensionat. Schumann ist gewarnt, da bahnt sich ein, hoffentlich lustiger, Streich an. Er freut sich schon darauf. Leider sieht sich Oberlehrer Schumann getäuscht und ist stark enttäuscht. Es passiert leider *Nichts*. Kinder kann er diese 8-jährigen Schüler wirklich nicht nennen, sie sind zu ernst, zu ruhig, zu brav. Möchtegern-Erwachsene?!
Ein kleiner Trost bleibt Schumann, die Kids zeigen wenig Interesse an dem was er vorträgt. Leider zeigen sie auch keine Unmutsäußerungen wie gähnen, schnarchen, lümmeln oder was Schumann in seiner Kindheit als Schüler eingefallen wäre.
Oberlehrer Schumann drückt sich folgendermaßen aus: 'Ich sehe mich mit einem Haufen 8-jähriger, Konsum-angepasster-

Spießbürger konfrontiert.'

Der Erzähler dieser wahren Geschichte muss sich korrigieren, offenbar gab es ein Missverständnis zwischen ihm und Oberlehrer Schumann. Das Wort 'alle Kids, alle Schüler' muss ersetzt werden durch 'alle Kids -1, alle Schüler -1'. Sonst würde keine erzählenswerte Geschichte entstanden sein.

Ein Schüler, nennen wir ihn Kay, fällt etwas aus dem Rahmen, er hebt sich deutlich von seinen Klassenkameraden ab. Kay trägt keine Designerklamotten, Haargel scheint ihm nicht angemessen, er trägt adidas nicht die momentan angesagten Reeboks, und keine Lacoste Klamotten, er macht sich offensichtlich wenig Gedanken über sein Outfit wie das heutzutage genannt wird; Aussehen ist zu altmodisch.

Auch im Klassenzimmer während des Unterrichts verhält sich Kay auffällig anders als seine Mitschüler. Er ist interessiert, er hört aufmerksam zu, fragt ab und zu mal etwas. Kay hat aber auch Zeit irgendeinen Comic, versteckt unter dem Tisch, zu lesen.

'Glaub ja nicht, dass ich das nicht mitbekomme Kay.' Denkt Schumann vor sich hin und schmunzelt. 'Von meiner Seite sehe ich alles was ihr tut, auch wenn ihr irgendetwas anderes glaubt. Das 7. gelbe Gummibärchen, lieber Kay, ist schon registriert.'

Oberlehrer Schumann provoziert Kay; durch Blicke, Gestik, Fragen immer nur an ihn. Schumann ist sich sicher, dass Kay irgendwann eine ungebührliche Reaktion zeigt. Schumann wird dann den 'Oberlehrer' herauskehren und Kay eine strenge Strafe auferlegen. Schumann muss nicht lange warten. In der 4. Stunde in dieser Klasse, er versucht sich am großen 1 x 1 ist es soweit. Nur Kay begreift, dass man sowohl das kleine als auch das große 1 x 1 nur auswendig lernen muss, wenn man es benutzen will. Entsprechend gelangweilt ist Kay und gibt sich auch so. Das neueste Superman Heft erscheint wohl erst morgen. Somit formt er aus Löschpapier Kügelchen, feuchtet sie mit Spucke an und schnippt sie an die Decke. Er macht das sehr geschickt, hübsche Muster entstehen, man kann das schon Kunst nennen.

Oberlehrer Schumann schreitet zur Tat. Energisch ermahnt er Kay zur Ordnung. Kay macht eine freche Bemerkung in dem Sinne, 'Dein Gerede interessiert mich wirklich nicht, ich kann mit einem Taschenrechner umgehen.' Nun verhängt Schumann eine Strafe und lässt den 'Oberlehrer raushängen' wie die Kids das nennen:

»Du schreibst Eintausendmal, schreib bitte mit:
'Ich darf meine Lehrer nicht duzen und dabei frech grinsen.
Ich darf insbesondere keine feuchten Löschpapier-Bällchen an die Zimmerdecke oder an die Wandtafel schnipsen.
Ich darf während des Unterrichtes nicht auf der Fensterbank sitzen.'
Den letzten Satz nur zur Ermahnung!
Hierzu gebe ich Dir eine Woche Zeit.« Schumann kann ein Lachen nur schwer unterdrücken.

In der Klasse kommt doch ein leichtes Lachen bei seinen Mitschülern auf, es hört sich irgendwie schadenfroh an, jeder denkt *'Ich bin ja nicht betroffen.'*.

Kay steht auf und verlässt das Klassenzimmer ohne jeden Kommentar. Er geht in einen der EDV Räume und sagt zu dem anwesenden Lehrer ohne jedes schlechtes Gewissen:
»Ich brauch unbedingt sofort ein Terminal. Ich habe soeben einen Eilauftrag von meinem Lehrer Herrn Schumann erhalten der *keinerlei* Aufschub duldet.«

Ein Arbeitsplatz ist noch frei und Kay nimmt ihn ohne auf Einwendungen des Lehrers zu achten Platz und fängt an zu arbeiten.

Er ruft ein Textprogramm auf und tippt eben mal die drei Sätze ein die er schreiben soll. Wie schreibt man bloß, 'Himmel-Arsch und Zwirn', flucht Kay leise, die Wörter duzen, Wandtafel, Unterricht schnipsen? Mit einem tt oder dt oder td duzen Groß oder klein f oder ff schnipsen mit b oder p??? Kein Problem für Kay, er ruft die Rechtschreibprüfung auf und fummelt solange an seinem Werk herum bis kein grün oder rot mehr erscheint. Nun muss alles richtig geschrieben sein. Auf zum Kopieren. Text markieren, Text kopieren, Text einfügen. Alles markieren, kopieren einfügen. Kay wiederholt diesen Vorgang 10 mal und hat die Sätze nun hinreichend oft geschrieben.

Nun aber kurz diese 104 Seiten Ausdrucken. Das dauert und dauert und dauert. Nach 5 Minuten ist auch das geschafft. 20 Minuten hat Kay für seinen Job gebraucht und eilt mit seinem Produkt ohne ein Wort zu sagen in sein Klassenzimmer zurück. Er legt den Stapel Papier auf das Lehrerpult von Schumann und setzt sich auf die Fensterbank mit der Bemerkung:

»Ich hab gleich ein paar mehr gemacht, das war einfacher. Ich hoffe Du freust Dich darüber.«

Nun brüllt die gesamte Klasse vor Lachen bis zum Ende der Unterrichtsstunde. Niemand bemerkt, dass ab und zu jemand hereinblickt, um zu sehen, was der Grund für den infernalischen Krach ist.

Oberlehrer Schumann grinst äußerlich, lacht innerlich heftig und könnte sicherlich kein Wort sprechen, er bleibt cool und freut sich einen so cleveren Jungen wie Kay unterrichten zu dürfen.

Kay lernt anders als im üblichen, überalterten Schulprogramm vorgesehen ist.

Er kümmert sich um Wissen genau dann, wenn er das Wissen braucht und Kay ist in der Lage diese Informationen in Büchern und im Internet aufzufinden; dessen ist sich Oberlehrer Schumann ganz sicher. Kay wird all die Informationen in Sachzusammenhängen stellen können. Kay's *Wissen* wird im Laufe der Jahre enorm anwachsen, gigantisch werden.

Niemals wird Kay wissen wie der 7. rechte Nebenfluss der Donau heißt, obwohl er ihn kennt.

Mona-Lisa

über das Verschwinden und das Wiederauftauchen von Mona-Lisa

Was war das für ein Spektakel als über Nacht die Mona-Lisa aus dem Louvre verschwand. Zehntausende Kunst-Touristen aus aller Welt waren umsonst angereist. Und ihr Unmut wurde immer lauter und aggressiver. Es hilft nichts, Mona-Lisa ist trotz aller umfangreichen Sicherheitsvorkehrungen aus dem Louvre einfach verschwunden.

Der Vorfall ist ein gefundenes Fressen für die Presse weltweit, ist doch gerade Sommerflaute, auch Sommerloch oder Sauregurkenzeit genannt. Alle Schlagzeilenlieferanten sind irgendwie in Urlaub; die Fußballspieler und Tennisprofis, die Serienmörder und die Politiker, die Playgirls und der Papst, die Einbrecher und die Ehebrecher aus der Prominenz, die Baptisten und die Kriegsminister, die Pädophilien und die Russen-Mafia; alle sind unauffällig und unauffindbar.

Die Mafia in Urlaub? Es sind doch wohl eher die Klatschspalten Reporter und die Journalisten in Urlaub.

Daher war wochenlang das Thema Nr. 1 in der Weltpresse inklusive Rundfunk und Fernsehen:

Das Verschwinden der Mona-Lisa.

Ist Leonardo da Vinci's Mona-Lisa auch in Urlaub? Verdient hätte sie es. Jahr für Jahr von Millionen angestarrt zu werden, muss wirklich stressig sein, auch für ein Bild.

Der Louvre wird immer wieder noch einmal abgesucht, Mona ist und bleibt verschwunden. Ein Einbruchdiebstahl ist nicht erkennbar, das Louvre-Personal gerät unter massiven Verdacht. Wildeste Spekulationen geistern durch die Medien, tagelang, wochenlang.

Ist Mona-Lisa geraubt, entführt, vernichtet, getötet?

Es gibt Diebstahls-Verdächtige und etliche von ihnen geraten in Haft. Alles Suchen und alle Aktivitäten zur Wiederauffindung der Mona-Lisa führen zu keinerlei Ergebnissen. Lediglich der Bilderrahmen der Mona-Lisa wird nach 3 Wochen in einem Abstellraum des Louvre aufgefunden.

Die Flics sind ratlos. Die eingesetzten Sonderkommissionen haben keinen Suchansatz und treten daher ratlos auf der Stelle, eine Muskeltrainierende gesunde Tätigkeit,

Mona-Lisa ist verschwunden.

Der Louvre steht vor einer Pleite da die meisten der 5 Millionen Besucher pro Jahr nur ihretwegen kommen. Mittlerweile ist eine Belohnung in Höhe von 10 Millionen EURO zur Wiederbeschaffung der Mona-Lisa ausgeschrieben. Auch das bringt Mona-Lisa nicht zurück. Die Welt hält den Atem an.

Ralf nicht. Er bekommt von diesem Spektakel, das er mit seinem kleinen Latinum spectaculum nennt, erst etwa 13 Tage nach dem Verschwinden der Mona-Lisa etwas mit. Er liest keine Zeitungen, er liest keine Magazine und Journale, er sieht keine Nachrichten im Fernsehen, er hört keinerlei Rundfunk mehr. Lange Jahre, Jahrzehnte hat sich Ralf für das tägliche Geschehen in der Welt interessiert, bis er dahinter gekommen ist, dass es für *ihn* nichts Neues mehr gibt. Alles ist schon einmal da gewesen, alles ist schon mindestens einmal passiert. Seit 14 Jahren hat er keinen ihm neuen Witz gehört oder gelesen, und es ist ihm wirklich völlig wurscht welcher Politiker heute bei welcher Steuerhinterziehung erwischt wurde, es ist ihm völlig gleichgültig ob heute der Vesuv mal wieder ausgebrochen ist, es ist ihm egal ob heute mal wieder ein Zug entgleist oder ein Flugzeug abgestürzt ist, es ist für ihn ohne jede Bedeutung ob Frau Meier Herrn Meier oder Herr Meier Frau Meier umgebracht hat, es ist ihm schnurz piep egal wer wen ausraubt, es ist für ihn völlig belanglos wer Pleite macht oder Milliarden einsackt, betrügerisch kriminell sind beide, es ist für Ralf wirklich belanglos in welchem Hafen heute wie viel Koks beschlagnahmt wurde, und wirklich nicht von Interesse ob Prostituierte Steuern zahlen müssen und keine Sozialversicherung zahlen dürfen. Das Thema Rente für Prostituierte, als wichtiges Mitglied der Gesellschaft, ist für Ralf kein Thema.

Großes Gähnen!

Die Zeiten sind vorbei als Magazine noch politisch angegriffen haben, als noch Glossen und Satiren veröffentlicht wurden. Stattdessen läuft ein doofes Gör im Fernsehen rum, das 88 mal am Tag ein und die selbe Bluse in ihrer Waschmaschine verfärbt, ausgerechnet ihre 'Lieblingsbluse'. Auch taucht ein ewig hungriger Dr. Tommek auf, der so dämlich ist wie er aussieht, und niemand stopft ihm mal das Maul. Auch taucht ein Comic-Bär auf, der seit nun Monaten 'noch weicheres Klopapier' propagiert. et cetera, et cetera.

Für Ralf ist nichts Neues in den täglichen Nachrichten zu finden, es ist alles schon mal passiert, Wiederholungen langweilen Ralf zutiefst, da kann er nur noch tiefer gähnen. Schon wieder HSV : FC Bayern-München. Das gab es doch schon vor einem halben Jahr, nein, das passiert doch alle Jahre 2-mal.

Alles ist schon mal da gewesen; alles ist schon mal passiert. Lediglich die Personen und die Orte wechseln oder die Personen wechseln und der Ort bleibt der Gleiche oder die selbe Person oder Personen tun an dem selben Ort das Gleiche.

Die Produkte die im Werbefernsehen vorgestellt werden, wird Ralf *niemals* kaufen.

Ralf in seinem Alter von 55 Jahren kennt das alles. Er überlässt das Zeitungslesen und das TV-Glotzen den Jüngeren bis die sich irgendwann langweilen.

Es ist Ralf doch wirklich einerlei ob Christen Christen in Nordirland die Köppe einschlagen wenn so etwas passiert wie: ein Christ geht durch die Straße eines anderen Christen. Jeden Tag ähnlicher Blödsinn.

Ebenso langweilig ist der 'ewige „Heilige Krieg"' in Nahost für

Ralf und er denkt gelegentlich mal wieder über die Begriffe human und Kultur nach.

Ralf weiß, es passieren Unglücke auf jeder Art Straßen, Flugzeuge stürzen nun mal gelegentlich ab, Erdbeben brechen nunmal aus, Politiker lügen und betrügen nun mal, weshalb Ralf seit etlichen Wahlperioden niemanden mehr ein Mandat gibt, Kriege werden auch nach dem Desaster des 2. Weltkrieges munter weitergeführt, Nuklearanlagen werden weiter betrieben und gebaut komme was wolle auch nach dem Desaster von Tschernobyl. Hunderttausende Tote interessieren niemanden, *ein* getöteter Politiker erregt wochenlanges Aufsehen obwohl gerade er für die herrschen chaotischen Zustände mitverantwortlich ist. Ralf denkt wieder über den Begriff 'Verantwortung' nach und gelangt wieder zu dem Schluss: 'Verantwortung' ist ein Sinn-leeres Wort wie PIPAPO.

Es geht alles seinen Gang weiter und Ralf kann und will daran nichts ändern.

Es könnte durchaus sein, dass er den 3. Weltkrieg erst mitbekommt nachdem ihm eine Bombe auf den Kopf geworfen wurde. Er, als überzeugter Pazifist, wird an dem Krieg eh nicht aktiv teilnehmen.

Die Aufsehen erregenden Ereignisse bekommt Ralf schon irgendwie, irgendwann zwangsweise mit, Augen kann er nicht immer verschließen und die Ohren leider nie.

So bekommt er auch irgendwann das *erneute* Verschwinden der Mona-Lisa mit. Ralf erinnert sich an den 23.8.1911, also wieder einmal nichts Neues brummelt Ralf vor sich hin.

Ralf ficht das Verschwinden des Bildes nicht an. Er hat Mona 2-mal in seinem Leben besucht und bestaunt, einmal als freihängendes Bild und einmal in einem Bunker hinter Panzerglas. Ralf ist kein Kunstkenner, aber Mona-Lisa ist schon ein absolutes Meisterwerk. Als moderner Mensch lädt Ralf Mona aus dem Internet herunter betrachtet das Bild noch einmal intensiv und bleibt bei seiner Meinung: Mona ist ein Mann, keine Frau kann jemals *so* hintergründig grinsen wie Mona.

Etwa 7 Wochen nachdem Ralf Kenntnis über das Verschwinden der Mona-Lisa hat, die Aufregung ist abgeklungen und die Medien wenden sich wieder den normalen Schlagzeilenlieferanten zu, schickt Ralf's Frau Luisa ihren Gatten mit einem Spezialauftrag in den Keller. Er soll ein noch nie benutztes Zubehörteil zum Mixer aus dem Keller holen. Ralf weiß was auf ihn zukommt: stundenlanges Suchen.

Ralf empfindet sich selbst als ein recht ordentlicher Mensch. Lediglich an dem einen Keller, in dem er nun suchen soll, scheitert er. Er kann hier keine Ordnung halten da das vorhandene Inventar bei weitem für die Größe des Raumes kein ordnen zulässt. Er ist eine Rumpelkammer vollgestellt mit Gegenständen die praktisch nie gebraucht werden, aber auch nicht entsorgt, wie das heutzutage heißt, werden sollen.

Ralf kennt fast jeden in diesem Keller herumliegenden Gegenstände, er hat auch eine vage Vorstellung was da liegt, aber er hat keinerlei Vorstellung davon, wo was liegt. Also muss jedes Mal, wenn etwas gesucht wird, der Keller umgegraben werden, wie Ralf diesen Suchvorgang nennt. Irgendwie kommt Ralf seine momentane Tätigkeit vor wie die Suche nach der (dem) Mona-Lisa im Louvre vor Wochen. Der kleine Unterschied ist nur: Ralf wird fündig. Er findet zwar nicht das Teil für den Mixer nach dem er suchen sollte, er findet eine Mona-Lisa. Er klemmt sich das ungerahmte Bild unter den Arm und geht zurück in die Wohnung.

»Guck mal Schmuser«, Ralf's Anrede an seine Göttergattin Luisa ist variabel, seine gängigen Kosenamen sind Kuschler, Schmuser, Jauler, Schmuckstück oder Goldfasan, »was ich gefunden habe.«.

»Hoffentlich hast Du nun endlich das Radi-Messer gefunden, ich benötige es dringend.«

»Guck mal Jauler, seit wann haben wir einen Mona-Lisa im

Hause, ich hab das Bild hier noch nie gesehen.«

Ein flüchtiger Blick genügt Luisa und sie ruft »Stell das Bild irgendwo hin und such endlich das Messer. Nie tust Du das, worum ich dich bitte. Du hast immer nur irgendwelche albernen Flausen im Kopf. Und Dein Schnapslager da unten finde ich auch irgendwann, verlass Dich drauf.«

Ralf trollt sich in den Rumpelkeller. Er kann sich dem bestimmenden Charme seiner Frau nicht entziehen. Nach 2-stündigen weiter graben wird Ralf endlich erneut fündig. Diesmal hält er den 'richtigen' Gegenstand, das Radi-Messer für den Mixer, in der Hand und eilt mit stolz geschwellter Brust in die Wohnung zurück.

Seine Frau sitzt vor dem Bild des Mona-Lisa und interessiert sich ganz offensichtlich nicht mehr für das Radi-Messer.

Luisa und Ralf sprechen nicht mehr über den Fund. Sie stellen das Bild zur Seite.

Ralf ist Fummler und betrachtet und betastet das Bild immer wieder obwohl er wirklich keine homosexuellen Neigungen hat. Aus einer Intuition heraus beschäftigt er sich immer weiter mit dem Mona-Lisa. Das Originalgemälde ist mit Ölfarbe auf Holz gemalt und hat die Abmessungen 77 x 53 cm² wie Ralf herausfindet. Diese Angaben entsprechen exakt seinem Fund. Das Holz kommt Ralf nicht sehr neu vor, es handelt sich nicht um eine Presspappe und schon gar nicht um eine Spanplatte. Die Dicke der Holzplatte sowie die Holzart des Originals kann Ralf nicht herausfinden.

Ralf kassiert das Bild ohne jeden Widerspruch seiner Frau ein und hängt es in seinem Arbeitszimmer auf.

Wochen vergehen. Ralf recherchiert immer weiter und wird sich immer sicherer: *sein* Bild ist der echte Mona-Lisa. Eines Tages beschließt er: *sein* Bild *ist* der echte Mona-Lisa und denkt an den Finderlohn von 10 Millionen EURO. Ralf mietet in einer soliden Bank ein entsprechend großes Schließfach und deponiert den Mona dort. Seine Frau bekommt von allen seinen

Aktivitäten nichts mit, sie betritt Ralf's Arbeitszimmer nie, da in diesem Raum ausdrücklich geraucht werden darf und geraucht wird. Ein entsprechendes Hinweisschild hängt an seiner Tür:

Zutritt streng verboten für
Antialkonikopriemiker

und Luisa als Nichtraucherin richtet sich danach.

Vorsichtig wendet sich Ralf an Anwälte und Notare, bis er sich über seinen Rechtsstatus sicher ist falls das Bild echt ist. Dann lässt Ralf 'die Katze aus dem Sack', wie das im Volksmund genannt wird, und er informiert die Presse. Er sei im Besitze des wahren, echten Mona-Lisa. Selbstredend glaubt ihm niemand. Niemand reagiert auf seine Mitteilungen, alle werden ihn für einen Spinner und Wichtigtuer halten. Ralf versucht einen anderen Weg. Er kratzt sein ganzes Geld und mit schlechtem Gewissen auch das seiner Frau zusammen und engagiert Kunstsachverständige.

Im Beisein eines Notars und eines Anwaltes zeigt Ralf 3 namhaften Kunstkennern sein Bild und wechselt danach jedes Mal das Schließfach für Mona.

2 der Sachverständigen halten das Bild für eine Fälschung, einer von ihnen, Prof. A, schließt die Echtheit des Bildes nicht ganz aus. Er traut sich aber nicht mit seinem Namen an die Öffentlichkeit zu treten. Ralf versucht Prof. A in stundenlanger Sitzung von der Notwendigkeit aktiv zu werden zu überzeugen, auch versucht Ralf ihn zu schmieren. A lässt sich, wenn auch nur halbherzig, auf das Spiel ein. Prof. A lanciert in einem Fachjournal einen Artikel mit dem zarten Hinweis, er kenne den Aufenthaltsort der Mona-Lisa, für ihn ist er weiblich. Der Artikel wird gelesen und nun geht es erst endlich richtig los. Experten aus dem Louvre reisen an, die namhaftesten Kunstsachverständigen reisen an und untersuchen das Bild. Wenigstens muss Ralf nicht die entstehenden Kosten tragen. Die Experten werden sich einig, Ralf's Mona-Lisa ist der echte, einzig wahre und

Luisa bekommt die klammheimlichen Tätigkeiten ihres Ehemannes mit, und der Haussegen hängt mal wieder schief, Ralf macht alles falsch, wie immer. Selbstverständlich ignoriert Ralf die Rechnungen und Mahnungen der Gutachter, die sein Bild als Fälschung bezeichnen. Ralf bezahlt lediglich Prof. A's Forderung. Längst hat Ralf seinen Mona an einem, nur ihm bekannten Ort, deponiert. Zu dieser Aktion verkleidet er sich, fährt nicht mit seinem Wagen und versucht eventuelle Beschatter ausfindig zu machen und fährt geradezu unsinnige Wege; auch 7 mal um einen Block, obwohl das strafbar ist nach den Gesetzen seines Landes, was ist nicht strafbar?
NICHTS. Ralf grinst wie sein Mona. Er ist ja nicht nackend und erregt somit kein 'Öffentliches Ärgernis'.
Ralf ficht das alles nicht an. Irgendwann ist er sich sicher, dass er nicht verfolgt wird.
Ralf wird nach einiger Zeit, wie er erwartet hat, eingebuchtet. Die dringenden Tatverdachte sind: Kunstraub, Kunstdiebstahl, illegale Fahren mit einem im Ausland zugelassen Kraftfahrzeuges, ungebührliches Verhalten wegen Pupsen in der Öffentlichkeit, Vermummung wegen Tragens einer dunklen Brille, Gefährdung der Staatssicherheit weil ein Schnürsenkel seiner adidas nicht ordnungsgemäß gebunden war, Beleidigung des Staates weil er geäußert hat 'er hält diesen Staat für eine 'Bananenrepublik', 2,5 Billionen Staatsschulden, pro Einwohner 500,000.-', sind erlaubt, das sei noch keine 'Bananenrepublik', auch wird ihm vorgeworfen schräg eine Straße überquert zu haben, etc.. Die Liste der Anschuldigungen ist so lang wie der Duden Wörter hat.
Es hilft den Leuten Nichts. Nach langem Zögern weist Ralf ein Alibi für die Zeit des Diebstahls nach, der Inhaber eines Supermarktes bestätigt, dass Ralf jeden Tag, ohne Ausnahme, bei ihm einkauft. Die juristische Welt steht wie immer Kopf: Ein Beklagter ist solange als schuldig anzusehen, bis er ein Alibi nachweist; nicht umgekehrt, wie in der Verfassung formuliert ist: ein Beschuldigter ist solange als unschuldig anzusehen bis

ihm eine Tat nachgewiesen wird.

Auf massiven Druck von Ralf's Anwälten und der internationalen Presse wird er nach 3 Monaten aus der Haft entlassen.

Ralf weigert sich das Bild herauszugeben bevor der ausgelobte Finderlohn nicht auf seinem Konto gutgeschrieben wurde, selbstverständlich auf ein Schweizer Nummernkonto. Der Louvre will erst zahlen nachdem Ralf das Bild heraus gegeben hat. Wochenlang geht das Hin und Her. Der Louvre muss nachgeben, Goscinny würde formulier haben: 'Der Louvre ohne Mona-Lisa nur die Hälfte wert seien.' Endlich einigt man sich. Ralf übergibt das Bild an einen Treuhänder, das Bild darf noch einmal begutachtet werden. Bei Anerkenntnis der Echtheit zahlt der Louvre den Finderlohn an Ralf und Ralf übergibt das Bild dem Louvre. So einfach ist das aber nicht. Die Experten monieren eine kleine Beschädigung des Bildes und wollen nichts zahlen sondern Ralf der Sachbeschädigung anklagen und Schadenersatz fordern, obwohl sie sicherlich nicht beweisen können, dass Ralf der Schädiger war. Dann eben nicht denkt Ralf vor sich hin, Luisa hätte das Bild eh lieber bei sich und für sich in ihrer Wohnung.

Irgendwann rückt der Louvre die Knete, die Kohle, den Zaster das Geld raus ohne jeden Abstrich. Alle sehen ein, dass es nur so geht. Da hilft auch eine Androhung eines Antrages auf Erzwingungshaft nicht. Damit ist zumindest dieser Teil abgeschlossen, doch dicke Enden kommen noch.

Einer der von Ralf nicht bezahlten Gutachter verklagt Ralf auf Zahlung seines geforderten Honorars. Dies zu Ralf's naiven Erstaunen mit Erfolg. Auch ein falsches Gutachten ist ein Gutachten und muss honoriert werden. Mathematisch kann Ralf sich dem soweit anschließen, dass ein falsches Gutachten ein Gutachten ist, aber für anderer Leute Fehler zu bezahlen kennt Ralf bisher nur von Bill Gates.

Somit ist Ralf nicht überrascht, dass nun auch der andere Gutachter mit seinem Falschgutachten seine Forderung beitreiben will. Vor demselben Gericht wird diesmal anders entschieden.

Ralf muss nichts zahlen, das Gutachten wird als 'Pfusch' bezeichnet und wird somit zur Makulatur.

Wenigstens muss Ralf sich keine finanziellen Sorgen mehr machen. Was ihm jedoch nicht erspart bleibt ist eine Auseinandersetzung mit seiner Frau. Wegen der Aufteilung des Finderlohnes.

»Das Bild war in Deinem Keller, daher beanspruche ich als Finder des Bildes 1 Million von Dir.« sagt Ralf.

»Dieser Keller ist Dein Rumpelkeller, mach was Du willst, mit Deinem Keller habe ich nichts zu tun.«

»Ein Keller der so rumpelig ist kann niemals meiner sein, es handelt sich eindeutig um Deinen Keller, Goldfasan. Das Bild lag eindeutig in Deinem Keller. Ich habe keinen Keller!«

....

Diese Diskussion geht weiter, immer weiter bis Ralf diese albernen, jedoch nicht lustigen, Streitereien endgültig satt hat und verlässt die bislang gemeinsame Wohnung endgültig.

Von den 10 Millionen EURO Finderlohn behält Ralf eine als wahrer, echter Finder und überweist den Rest abzüglich aller Kosten in Höhe von 321,744.79 also 8,678,255.21 auf das Privatkonto von Luisa. Ralf, der Buchhalter, vermerkt in der Zeile 'Verwendungszweck' auf dem Überweisungsformular 'w. g. Mona-Lisa Dein Rumpelkeller', und verschwindet in eine quasi menschenleere Gegend der Welt wo es keine Zeitungen, Magazine, Rundfunk, Fernsehen, Reklame, Telefone, Discos, Verkehrsampeln Staus und Highways gibt und er Maschinenkrach nur von ganz weit weg hören muss. Keine Staus und keine Hektik (schon wieder Werbung) nur relativ unberührte, vom Menschen noch nicht völlig ruinierte, Natur Flora und Fauna natürlich belassen. Wohin Ralf geht muss er sich noch einmal überlegen, Lappland, Canada, Schweden, Australien?

Ralf wird Deutschland auf dem schnellsten Weg verlassen. Wozu unterhält er einen BMW 325i sonst!

Niemals wird er so groteske Staaten wie die Vereinigten Staaten von Amerika oder Israel oder Türkei oder Iran.... jemals betreten.

Er wird es geheim zu halten wissen wohin er geht und als vermögender Asket leben wird. 'Gjold kannste nit fresse.' erinnert er sich.

Alle sind nun glücklich.

Der Louvre hat den (die) Mona-Lisa und damit seine Kunden wieder.

Luisa hat keine finanziellen Sorgen mehr und ist ihren Gatten endlich endgültig los.

Ralf kann sich endlich aus der ihm so verhassten Naturzerstörenden Zivilisation zurückziehen:

Er muss nie wieder Werbesendungen aus seinem Briefkasten ungelesen in die Müllbox tragen, er muss nie wieder vor unsinnigen Ampeln bei Rot stehen, er muss nie wieder stundenlang in Staus stehen, er muss nie wieder verseuchte Lebensmittel essen, er muss sich nie wieder Politikergeschwafel anhören, er muss nie wieder nach Natur suchen, er muss nie wieder Steuererklärungen einreichen, er muss nie wieder Telefonrechnungen beanstanden, er muss nie wieder Windows betreiben, er muss nie wieder stundenlang an Kassen anstehen, et cetera et cetera et cetera.

Er muss nie wieder all den zivilisatorischen Unsinn mitmachen.

Er, der sich nun Charley nennt, fühlt sich endlich frei, ohne Helm und ohne Gurt. Endlich gilt für ihn der Artikel 2 des deutschen Grundgesetzes
'Jeder hat das Recht auf freie Entfaltung seiner Persönlichkeit soweit er nicht die Rechte anderer verletzt...' Nur es interessiert ihn nicht mehr!

Irgendwann wird er seinen Goldfasan vermissen, da ist er sich ganz sicher.

Alle sind glücklich! **Alle?**
Lisa befindet wieder in seinem ihm aufgezwungenen Bunker in Einzelhaft. Vielleicht gelingt ihm ein weiterer Ausbruch, hofft Ralf.

Fußball

oder wie Frauen den Fußballsport sehen!

Eines Novemberabends im Jahre 1999, Klaudia und ihr Göttergatte Fred sitzen gemütlich bei einer Flasche Valpolicella zusammen und klönen. Nebenbei läuft die Glotze mit einer Fußballübertragung.

»Wie ist das denn nun eigentlich mit dem Fußball?« fragt Klaudia.

Fred versteht kein Wort, seine Frau Klaudia drückt sich doch sonst deutlicher aus, und fragt zurück:

»Wie meinst Du das liebe Klaudia. Ich verstehe Dich nicht.«

»Es gibt Tausende, Zehntausende, Hunderttausende, Millionen Fußballfans, am Fußball muss doch was dran sein!«

»Ich weis es nicht, ich finde Fußball ausgesprochen langweilig, es sei denn man spielt selber für Millionen pro Jahr. Zuschauen und dafür auch noch zahlen, nein danke. Wir haben uns doch vor Jahren mal so ein Spiel in der ersten Liga angesehen und uns köstlich gelangweilt.« gähnt Fred.

»Millionen Fans können nicht irren!« setzt Klaudia nach. Fred fällt der Spruch 'Fresst Scheiße Leute, Billionen Fliegen können nicht irren' ein, sagt aber nichts da Klaudia es nicht schätzt, wenn Fred 'Fäkal'- Wörter wie Scheiße benutzt. Fred denkt anders darüber. Kot, Fäkalien und Scheiße sind für ihn lediglich 3 unterschiedliche Strings, mit derselben Bedeutung; Fred hat Neumann sehr wohl begriffen.

»Wie das beim Fußball ist weis ich nicht, aber Millionen haben Hitler zum Kanzler gewählt.« entgegnet Fred und ist sich sehr wohl seiner unsachlichen Argumentation bewusst, er will Klaudia provozieren.

»Es geht um Fußball!« entgegnet Klaudia in ungewohnt schrillem Ton.

»Fußball ist langweilig.« gähnt Fred.

»Millionen Fans sehen das aber anders, warum siehst Du das anders als die Fans?«.

»Wenn Du Dich langweilen willst, kuck doch hin in das Glotzophon.«

»Es spielt Bayern München gegen VFB Wolfsburg!« entgegnet Klaudia erregt und erbost.

»Wie langweilig,« Fred gähnt ausgiebig »für mich spielt Opel gegen VW. Ich, wir fahren BMW.«

»Nur hört sich aber wieder alles auf.« kreischt Klaudia, was sonst nicht ihrem Charakter entspricht, »Es spielt Bayern München gegen VFB Wolfsburg!«.

Fred fragt sich woher Klaudia das weiß und entgegnet:

»Du irrst liebe Klaudia,« frotzelt Fred »auf den roten Trikots steht vorne eindeutig 'Opel' auf den weißen Trikots der Gegenmannschaft steht hinten eindeutig 'VW'. Meine Interpretation lässt nur zu: es spielt Opel gegen VW.«

Klaudia ist echauffiert.

Fred gähnt intensiver, nichts langweilt ihn mehr als Fußball und führt aus:

»Fußball ist langweilig!« er wiederholt sich, das weis er »Null-Action, kein Bewegungsfluss da ununterbrochen das Spiel unterbrochen wird wegen Regelverstößen.«. Launig bemerkt Fred »Offenbar kennen die Spieler die Regeln nicht! Zupfen am Trikot des Gegners ist nun mal nicht erlaubt, Rempeln ist nicht erlaubt, den Gegner wegschubsen ist nicht erlaubt, gestrecktes Bein ist nicht erlaubt hohes Knie ist nicht erlaubt; das bei einer Sportart, die gelegentlich 'Kampfsport' genannt wird. Langweilig! Und dann erst die Abseitsregel!«. Fred schläft fast ein. 'Mimosen' denkt Fred, 'die nach 2 x 45 + (3 Nachspielzeit) Minuten Spielzeit als Profis völlig ausgelaugt sind' und denkt an Tennisspieler, die ein Match bis zu 5 Stunden Dauer bei voller Konzentration durchhalten müssen. Fred erinnert sich auch an einen Dokumentarfilm, den er vor etlichen Jahren gesehen hat. Ein englischer Fußballstar wurde eine Halbzeit, 45 Minuten, lang allein in einem 1.- Ligaspiel gefilmt, Fred war beeindruckt, wie wenig sich dieser Spieler bewegt hatte. Fred geht in derselben Zeit locker und lässig den 2-fachen Weg.

»Kannst Du mir mal die Abseitsregel erklären, Fred bitte.«.

Fred muss tief durchatmen bevor er antwortet:

»In Worte lässt sich diese Regel kaum verständlich fassen. Es geht beim Abseits um eine Spielerstellung, nicht was Du denkst, mit Manndeckerei hat das nichts zu tun, die regelwidrig ist. Ich hol mal eben ein Blatt Papier.«

Fred malt in aller Ausführlichkeit die Stellung der Spieler auf.

»So dürfen die Spieler eben nicht stehen. Das ist ein Regelverstoß der mit einem Freistoß geahndet wird.« erklärt Fred.

»Du wirst schon wieder ordinär Fred, Du weist, dass ich das gar nicht schätze.« sagt Klaudia, und Fred wundert sich, was seine Frau unter einem Freistoß und Manndeckerei versteht. Ihre Vergangenheit kennt Fred nicht.

»Kannst Du mir den Sinn des Abseits erklären?« fragt Klaudia.

»Nein wirklich nicht. Diese Regelwidrigkeit wird mit einem Freistoß geahndet und behindert den Spielfluss. Alle Regeln im Fußball verhindern das Erzielen von Toren, was ja eigentlich der Sinn des Spiels ist; oder ist der Sinn des Spiels animalische Triebe des Tretens abzureagieren?«.

»Wie sollte denn Deiner Meinung nach Fußball gespielt werden?« fragt Klaudia.

»Für meinen Geschmack gar nicht, Lauwasser nenne Fußball; es sei denn mit ganz neuem Reglement.«

»Oh ja Fred, lass uns neue Regeln aufstellen!« ruft Klaudia euphorisch. »Die könnten wir dann bekannt machen. Eventuell wird dann Fußball auch für uns Frauen interessant.«

»Du glaubst doch nicht im ernst, dass sich die verkrusteten Altherren-Organisationen von DFB, UEFA oder FIFA für irgendwelche Neuerungen interessieren.«

»Doch, doch wir machen das.«, bestimmt Klaudia, »Ich werde dafür sorgen, dass in absehbarer Zukunft nur so, nach unseren Regeln Fußball gespielt wird. Basta!«. Fred ist skeptisch, aber wie üblich kann er sich dem Charme und der Bestimmtheit seiner Frau Klaudia nicht entziehen, sie ist nun mal der Chefin Haus.

Klaudia und Fred entwerfen nun gemeinsam ein neues Fußball-Regelwerk.

Das Ergebnis stundenlanger hitziger Diskussion wird hier wiedergeben:

1. Das Ziel ist Tore zu schießen.
2. Ein Unentschieden gibt es nicht. Das Match wird solange ausgefochten, bis eine Mannschaft gewonnen hat.
3. Zum Erzielen von Toren, dem Sinn des Spiels, sind alle Mittel erlaubt, lediglich vorsätzliche schwere Körperschädigungen *können* geahndet werden.
4. Der Ball muss in Richtung des gegnerischen Tores gespielt werden. Lediglich maximal 2 Meter darf zurückgespielt werden.
5. Niemand der Spieler darf das Spiel verzögern und im Spielfluß hemmen. Der Ball hat aggressiv in Richtung des gegnerischen Tores gespielt zu werden.
6. Bei 3-maliger Verletzung gegen Regel 5 in einem Spiel, hat der Schiedsrichter 3 Löwen in die Arena zu lassen.

Klaudia ist insbesondere von der Regel 6. begeistert!

Die Konsequenzen der neuen Regeln sind klar:
Es wird kein albernes langweiliges hin und her kicken mehr geben, es wird kein mimosenhaftes Spielerpotential mehr geben, es wird kein Foul/Freistoß wegen Trikot-anfassen mehr geben. Klaudia ist begeistert, über die Möglichkeit, dass sich

die Herren Kicker nun gegenseitig die Hosen ausziehen dürfen.
»Sollten die Spieler nicht gleich ohne Hosen antreten? Das wäre doch für uns Frauen interessant!«
»In dem Moment, wenn Sportler wie zu Zeiten der klassischen olympischen Spielen, als es noch einen Olymp gab, nackend, wie in Geschichtsbüchern angegeben, angetreten sind, werden Frauen als Zuschauer ausgeschlossen. Striptease ist doch viel aufregender.«

Klaudia sieht das ein. Es wird gegen gutes Eintrittsgeld endlich Action vorgeführt werden müssen, spätestens beim Einsatz der Löwenregel. Das wird diesem Sport eine gewisse (bahnbrechende?) Note geben.

Es wäre zu schön um wahr zu werden:

Klaudia lanciert die neuen Regeln, die sie auch den Fußballverbänden zugeschickt hat, in der Presse und entfacht eine wochenlange weltweite hitzige Diskussion.
Die Weltöffentlichkeit ist begeistert und zwingt die Fußballverbände zur Annahme dieser Klaudia-Regeln, wie sie nun genannt werden.

Die Fußball-Europameisterschaft (EM) im Jahre zwanzighundert läuft noch nach den alten Regeln, lediglich 2 Testspiele wurden nach den Klaudia-Regeln ausgetragen. Schon nach 7 Minuten greift die Regel 6., die Kicker, von Fred 'Ball-hin-und-her-Schieber' genannt, haben sich noch nicht so recht an die neuen Regeln gewöhnen können. 'Die alten haben die ja auch nicht gekannt' sinniert Fred vor sich hin.
Das Publikum ist begeistert. Die Löwen bringen wirklich Leben in das Spiel.
Wie man überall nachlesen kann:
BP hat gegen Aral mit 13 : 6 gewonnen.

Microsoft hat gegen Autodesk mit sage und schreibe 1 : 22 verloren. Die Löwen hatten Microsoft weggeputzt, wegen der Microsoft Lahmarscherei.

Das Publikum ist begeistert gewesen, endlich Action, dem MittelstürmerBill Gates von Microsoft wurde in der 22.zigsten Spielminute von den Löwen, zu Klaudia's Vergnügen, die Hosen heruntergerissen, er fiel mit dem Gesicht in dem Matsch uns sah aus als hätte ihm wieder einmal jemand eine Schokoladentorte ins Gesicht geworfen.

Die neuen Regeln werden nun auf Grund des weltweiten Zuspruchs verbindlich eingeführt. Endlich finden Löwen wieder eine angemessene Anerkennung, werden gehegt und gepflegt und sind, zumindest momentan, vor der Ausrottung geschützt. Das was Fred erreichen wollte.

Es stellt sich ein Nebeneffekt, von Fred nicht geplant, aber doch zwangsläufig ein.

Klaudia wird Ehrenpräsidentin der FIFA. Weltbekannt, und Fußballfan, ohne nennenswertes Kapital daraus zu ziehen. Klaudia reist nun als Ehrengast von Fußballspiel zu Fußballspiel: Fan á la Fan. Klaudia wird der größte Fußballfan aller Zeiten.

Fred, ihr Göttergatte, reist nicht mit. Fred findet Fußball mit Löwen ebenso langweilig wie ohne Löwen, und gähnt in seiner unnachahmlichen Weise. Seine Interessen sind eher geistiger oder sinnlicher Natur.

Fred hat nun endlich Ruhe. Seine Frau Klaudia ist kaum noch im Hause und er kann sich endlich seinen Interessen, lesen, schreiben, denken, Sinnlichkeiten mit molligen Weibern, widmen.

short

Ein Mann plagt sich 6 Tage die Woche mindestens 15 Stunden am Tag mit dem, ach so modernen, zivilisierten Leben herum. Als Mathematiker und Techniker ist er gewohnt rational, auch in beliebig komplexen Systemen, zu denken.

Er liebt alles was einfach ist und nennt sich nicht zuletzt deshalb schlicht λ.

λ mag sich nicht mehr rumzuärgern mit Plattheiten, Dümmlichkeiten und Widersprüchlichkeiten in seiner Lebensumgebung seinem Umfeld, Staat und Gesellschaft.

Was macht λ am siebten Tag einer Woche? Der siebente Tag der Woche ist für λ der Donnerstag. An jedem Donnerstag lässt λ jede Umständlichkeit der heutigen Lebensweise und Lebensform weit hinter sich.

Er kennt donnerstags kein Auto damit keine Staus keine Ampeln und somit keine Staus vor Ampeln, kein Telefon, kein FAX, keine Uhr, kein Windows, keinen Staubsauger, keine Kaffeemaschine, keine Kondome, kein Schleudergang über 550 U/min, kein Anstehen an Kassen, kein Ausfüllen unverständlicher Formulare, keine Anträge stellen, kein lesen unverständlicher Bedienungsbeschreibung für Nonsensgeräte, et cetera et cetera.

Zusammenfassung:

λ zieht donnerstags keinen einzigen Nippel durch irgendeine Lasche.

g. m. dankt Mike Krüger für seine launige Ausdrucksweise.

Donnerstags ist λ er selbst: λ.

Er *schreibt* donnerstags!

λ verfasst Kurzgeschichten, Storys, Kurzromane, Romane, Pamphlete, Erzählungen, Lieder, Essays und wirkliche Sachbücher.

λ unterscheidet da nicht. g. m. kann λ's Werke nicht ganz in diese Kategorien einordnen, und interpretiert sie nach seiner Empfindung, seiner Intuition.

Der Autor dieser Story, g. m., besitzt das Copyright über das Gesamtwerk des λ, inklusive aller zukünftigen Werke des λ.

Der Erwerb des Copyrights hat g. m. eine Flasche 'White Label' in einem Hard Rock Café an einem Donnerstag gekostet.

g. m. hat kein schlechtes Gewissen, das Gesamtwerk des λ *muss* veröffentlich werden; λ's Stil und seine klare, unmissverständliche Ausdrucksweise ist einmalig und unübertroffen in der Weltliteratur!

λ meint, dass sein Werk den Nobelpreis für Literatur verdient hat. g. m. schließt sich ihm an. Er ist aber mehr als skeptisch ob sich das verwirklichen lässt.

Fast das Gesamtwerk des λ (nicht chronologisch im Sinne des Verfassungsdatums des λ) wird hier mit Anmerkungen und Zwischenbemerkungen des g. m. dokumentiert.

g. m. kann und will keine Garantie dafür geben in wie weit λ plagiiert. g. m. zitiert lediglich λ und g. m. kümmert sich nicht um mögliche Copyrights möglicher Dritter.

'Es ist alles nur geklaut und gestohlen....' erinnert sich g. m. an einen Liedtext und kann den Sänger, den Komponisten und das Copyright nicht angeben.

Roman:
        'Staub'
vollständiger Text des Romans:
        "In Poona wird kein Staub gewischt.
            Staubsauger gibt es in Poona nicht."

Anmerkung des g. m. als Autor dieser shortstory:
Der Satz "In Poona wird kein Staub gewischt." kommt g. m. doch irgendwie bekannt vor. Das ist ein Satz von Markus,

Sternbuch 1982 ISBN 3-570-07026-3, erinnert sich g. m.. g. m.
sucht und blättert nach und findet: in
'Wir Anpasser" im Kapitel 'Meine Mutter und ich'
'In Poona wird eh kein Staub gewischt.'
Ja, λ liebt alles Einfache daher unterschlägt er einfach 'eh', genial!, das muss g. m. zugeben.

Sachbuch:
'Windows, Sinn und Unsinn eines BS '
vollständiger Text des Sachbuches:
"Es ist äußerst spannend mit MS-Windows zu arbeiten.
Weiß man doch nie was passiert.
Der Sprachgebrauch 'unter Windows' arbeiten, ist an
derSache völlig daneben. Allenfalls arbeitet Windows
unter mir. Master bin ich! Windows ist mein Sklave.
Und wenn Windows nicht seinem Master, mir, gehorcht, wird Windows einfach abgemurkst!"

Anmerkung des g. m. als Autor dieser shortstory:
g. m. empfindet sich ebenso wie λ als Windows-Geschädigter.
λ's Sachbuch 'Windows, Sinn und Unsinn eines BS ' ist wirklich
erschöpfend, g. m. muss zugeben, er hätte den Sachverhalt nicht
straffer und klarer darlegen können.

Ja, λ liebt alles was einfach ist.
g. m. fügt ein Zitat von einer Dame, die sich Windows-Profi
nennt, hinzu:
"Was unter Windows passiert, weis niemand mehr so genau."
Name und Anschrift der Profidame sind g. m. bekannt. Kennt λ
wie g. m. diese Dame?

Sachbuch:
'Verkomplizierung'
vollständiger Text des Sachbuches:

"Vor der Erfindung der Spice-Girls und Boy-Groups
war das Leben deutlich einfacher."

Anmerkung des g. m.:
Auch ohne die Erfindung der Spice-Girls und Boy-Groups hätte
sich unser Leben weiter verkompliziert ohne sinnvollen Effekt,
Verwaltung der Verwaltung der Verwaltung. Kurz, kürzer am
kürzesten-lebig, für fast alles was wir tun.
Stopp:
λ hat das erkannt. g. m. findet ein Werk von ihm, in dem er
diesen Sachverhalt erschöpfend ausführlich formuliert:

Pamphlet:
    'Schöngeist oder schön geistig'
vollständiger Text des Pamphlets:
    "Gibt es keine Tätigkeiten, auch ganz simple, einfache,
    mehr, wo ich nicht 17 Nippel durch 28 Laschen ziehen
    muss?"

Bemerkung des g. m.:
Offenbar hat auch λ Mike Krüger verstanden und passt sich den
neueren Gegebenheiten an.

Roman:
    'schwanger rasiert'
vollständiger Text des Romans:
    "Lieber einmal im Jahr schwanger als täglich rasieren."

Anmerkung des g. m.:
Na, na lieber λ, wie oft warst du schon schwanger?

Roman:
    'Provisorisch muss es sein'
vollständiger Text des Romans:
    "Es gibt nicht Dauerhafteres als ein Provisorium."

Das kommt g. m. aber doch sehr bekannt vor; der Satz stammt eindeutig von ihm!

Sachbuch:
'Der Mensch und seine Uhren'
vollständiger Text des Sachbuches:
" Wie viele Uhren braucht der Mensch?
Maximal eine, sensible Menschen brauchen keine."

λ kann offenbar auch reimen vermerkt g. m. anerkennend. g. m. weiß auch nicht was er nun mit 17 durch technische Geräte aufgezwungenen Uhren an seinem Arbeitsplatz anfangen soll. g. m. erinnert sich einen schottischen Witz:
»Look here, I have two clocks showing different times. What's the good of there behavior?« ask a man.
»What's the good of two clocks showing the same time?«

Sachbuch:
'Papier'
vollständiger Text des Sachbuches:
"Papier war Jahrtausende lang die größte Erfindung des Menschen und wurde nur noch durch die Erfindung des Reißwolfes übertroffen."

λ ist genial. Auch g. m. hat seinen Reißwolf in dem er 99 % aller Papiere die ihm in die Hand fallen ungelesen entsorgt, so nennt man das doch wohl heutzutage, bemerkt aber, dass Verbrennen noch sicherer ist.

Sachbuch:
'Telefonieren heute'
vollständiger Text des Sachbuches:
"Jeder, der versucht die Deutsche Telekom telefonisch unter der Service Nummer 0800 33 01000 zu erreichen

scheitert und geht spätestens nach 5 Tagen ununterbro-
chener Versuche freiwillig in die Klapsmühle."

g. m. kann sich dem nur anschließen, bemerkt aber:
Wähle niemals eine Telefonnummer die mit 0 endet, der Versuch über eine solche Nummer irgendjemanden zu erreichen
führt schon innerhalb von 2 Tagen zu einer Zwangseinweisung
mit Abfuhr in einer Zwangsjacke in eine Idioten-Anstalt.

Hymne:
     'Deutsch Hymne'
vollständiger Text der Hymne:
     "Horst-Wessel-Lied neu:
     'Deutschland ist der größte P...'"

g. m. bricht ab. λ hat ja recht, er vergreift sich aber im Stil und
wird daher unvornehm, er wird unflätig.

Essay:
     'Antinomien'
vollständiger Text des Essays:
     "Der komische Radiosender, den ich nun schon 2 Tage
     lang höre, *wirbt* mitgezählte 581 mal am Tag damit,
     dass er keine Werbung verbreitet."

g. m. kennt den Idiotensender den λ meint. Radiosender für
Schwachsinnige nennt g. m. ihn und konnte ihn als Schwarzhö-
rer allenfalls mal 2 Stunden lang ertragen.
λ formuliert wieder einmal unübertroffen scharf, erkennt er
doch, wie g. m.:
Bertrand Russel ist einer der größten Denker aller Zeiten den
kaum jemand verstehen kann (will?).
Stundenlang kann g. m. über § 240 (3) StGB des deutschen
Rechts lachen:
     'Der Versuch (einer Nötigung) ist strafbar.'

Sachbuch:
    'Sound oder Ohren-Schmaus'
vollständiger Text des Sachbuches:
    "Spätherbst und Frühfrühling der Jahre sind richtig
    schöne Jahreszeiten geworden, denn dann wird heutzu-
    tage mit Pressluft Laub gefegt.Toller Sound, rund um
    die Uhr, man kann nicht mehr das Miauen seiner Katze
    hören. In Spätherbst und Frühfrühjahr kann man Musik
    nur mit geschlossen Kopfhörern hören."

g. m. hat sich längst geschlossene Ohrenschützer gekauft, und
versucht die Kosten seit nun mehr 4 Jahren steuerlich geltend
zu machen. Nun schon über 3 Prozesse jeweils in 2 Instanzen.
g. m muss sich auch gehörmäßig gegen fortwährende Polizeihubschrauber und Martinshörnern schützen.

Sachbuch:
    'Plutonium'
vollständiger Text des Sachbuches:
"Plutonium ist vom Menschen im Gegensatz zu Gold herstell-
bar, jedoch vom Menschen nicht vernichtbar. Plutonium
kann'ste fresse, die Wirkung ist unverkennbar. Gold kann'ste
fresse, die Wirkung ist Null."

Anmerkung des g. m.: Offenbar fasst λ in seiner unübertreffba-
ren Weise 2 Dinge zusammen:
λ spielt offenbar auf den Vertrag Clinton/Jelzin an, in dem vereinbart wurde, es sollen 68 t Plutonium 'vernichtet' werden.
Vernichten heißt doch irgendwo eingraben. g. m. schlägt die
Gärten des White-House und die Anlagen des Kreml vor.
Plutonium vernichtet sich nur selbst, in 500,000 Jahren! Schon
μg sind tödlich. 68 t Plutonium ist mal eben ein Giftpotential,
das locker die gesamte Menschheit vernichten kann. W. g.
Gold: Häuptling Seattle, ick höre dir trapsen.

Pamphlet:
 'Verdrängen ist geil'
vollständiger Text des Pamphlets:
 "Was ich nicht wahr haben will ist nicht wahr. 'Was nicht sein kann auch nicht sein darf', wurde doch schon mal von einem der uralt Leuten formuliert. Meine alten Steuerschulden verdränge nur *ich*!"

Bemerkung des g. m.:
λ sollte nicht nur Bücher mit schwarzem Rücken lesen. Auch der uralte Goethe ist in vielerlei Hinsicht sehr modern im Inhalt.

Sachbuch:
 'Effizienz'
vollständiger Text des Sachbuches:
"Eine Maschine arbeitet erst dann effektiv, wenn der Wirkungsgrad η der Maschine deutlich unter 10 % liegt. Die aller schönsten Maschinen sind die, deren Wirkungsgrad η negativ ist."

Kommentar des g. m.: λ als Techniker und Null-Kaufmann meint wohl, umso kleiner der Wirkungsgrad einer Maschine ist, umso mehr Maschinen müssen verkauft werden um einen Effekt zu erzielen. Daran will er teilhaben.
Meint λ schon wieder den Microsoft-Unsinn, g. m. ist sich da nicht ganz im Klaren.
Na na λ, Du arbeitest doch nicht im Bereich der Nuklear-Technologie, deren Effizienz locker und lässig bei mindestens -100000 % liegt!

Essay:
 'Halb ist Halb'
vollständiger Text des Essays:
 "Halb besoffen ist rausgeschmissenes Geld."

Anmerkung des g. m.:

λ schmeißt Donnertags kein Geld raus, das weiß g. m. und bemerkt:

λ meint wohl Dumm frisst, Intelligenz säuft. Ist λ nur donnerstags intelligent? g. m. hat da seine Zweifel. Wie auch immer g. m. ist zum Leidwesen seiner Ehefrau immer intelligent.

Ratgeber (Sachbuch?):
     'Spinnen als Haustiere'
vollständiger Text des Ratgebers:
     "Jeder Haushalt sollte sich Spinnen als Haustiere halten! 'Has'te Spinnen im Hause, has'te keine Mücken, Schaben, Asseln und Motten.' Ganz davon abgesehen, dass es wohl kaum ein noch schmusigeres Haustier als eine Spinne gibt!"

g. m. ergänzt:
Er, hält seit mehr als 20 Jahren Spinnen im seinem Haus. Er stellt fest: Wenn seine Spinnen nichts mehr zu fressen finden, fressen sie sich eben selber, so dass er kaum jemals mehr als 3 Spinnen in seinem Haus ausfindig machen konnte. Etliche male konnte er diesen wunderhübsch anzusehenden Kannibalismus beobachten. Irgendwie erinnert das g. m. an Lebensweisen in Gegenden von Asien, in denen Schlangen als Haustiere gehalten werden, um Ratten vom Haus fern zu halten. Pestizide sind out!

Essay:
     'LmaA'
vollständiger Text des Essays:
     "Mit jedem Tag wächst die Anzahl der Menschen, die mich am Arsch lecken können."

Anmerkung des g. m.:
g. m. ist λ weit voraus. Als Mathematiker formuliert er:

M:={X/Menschen im Staat des g. m. - g. m. -g. m.'s Ehefrau}
A:={Y/Menschen im Staat die g. m. am Arsch lecken können}
für g. m. gilt: M∩A= M ⟹ M = A
Für Nicht-Mathematiker der Leserschaft übersetzt g. m. in Klartext:
Für alle X ∈ M gilt: sie können g. m. am Arsch lecken; Pardon, die Formulierung ist schon wieder zu mathematisch, und g. m. versucht es noch einmal:
Jeder außer seiner Ehefrau darf g. m. am Arsch lecken.

Arbeit ist schön.

Die Werke des λ scheinen nur? aus aufgeschnappten Sätzen und Sponti-Sprüchen zu bestehen die er vereinfacht, auf den Punkt bringt, wie g. m. das nennt.

NEIN!: λ ist genial

Ja!:   *λ liebt alles was einfach ist!*

Donnerstags ist alles einfach.

Nummern

Oder was Frank aus ihnen macht!

Um es gleich vorweg zu nehmen, Frank hat keine Personalausweis-Nummer.

Intelligente Leser überspringen bitte den nächsten Satz. Oder?

Frank hat keine Personalausweis-Nummer da er keinen Personalausweis hat. So einfach ist das!

Frank hat keinen angemeldeten Wohnsitz, nur ein Postfach mit der Nummer 04066245-177.

Frank gibt *alle* seine Nummern nunmehr hiermit öffentlich bekannt, nur seine Nummern, die zwischen 1 und 238 liegen und deren Benutzungshäufigkeit nicht!

Frank hat keine Identität, seinen Namen weiß er längst nicht mehr, er hat nur noch Nummernsalat wie er das nennt.

Die Nummer seines Passes ist: 1498627773. Damit *ist* er 1498627773*!*

Die Nummer seines Führerscheines ist: A 3549413.

Franks Telefonnummern sind: Pardon er muss mal eben nachsehen, selbstverständlich kennt er sie nicht auswendig da er sich niemals selbst anruft. Die halbstündige Suche hat sich gelohnt!

Telefon: 04056432108,

   FAX: +4904022266875

     Modem: 04078243675,

        Ansagen: (Für den Anrufer gebührenpflichtige Kalauer) 040019026884321,

           Handy/Autotelefon 0172439785437.

Die zugehörenden Kontennummern sind:

Telefon Anschluss Nr. 10710

mit der Verrechnungsnummer 400 057 339 422 für den Anschluss 1 und

Telefon Anschluss Nr. 10110 mit der Verrechnungsnummer 400 033 246 117 für den Anschluss 2

Franks Kontonummern sind:

1723422935/20050050 PIN 1462

1213505304/20050220 PIN 2213

3099/177987

Zahlen Sie, lieber Leser, ruhig Spenden auf die beiden erstgenannten Konten ein, Frank wird eine Spendenquittung mit fortlaufenden Nummern angefangen mit 1700421000001 ausschreiben und sie verbuchen unter einer der Steuernummern:

21/560/64974 oder

21/560/64958 oder

04/264/00049 oder

04/253/01195

Stopp! Stopp! Zurück!

Gerade holt Frank seine Post aus seinem Postfach 40/352/59110, Pardon es muss heißen: 04066245-177. Wie konnte Frank nur seine Steuernummer mit seiner Postfachnummer verwechseln Pardon, seine Postfachnummer mit seiner Steuernummer? Sein Finanzamt teilt ihm mit, dass seine Steuernummern geändert wurden und die neuen Nummern sind nun:

12/065/47964

12/065/85946

40/462/94000

40/352/59110

Somit gelten die Gleichungen

21/560/64974=12/065/47964

21/560/64958=12/065/85946

04/264/00049=40/462/94000

04/253/01195=40/352/59110

Kein Problem bemerkt Frank der Mathematiker 'Null-Problemo' würde Alf der Außerirdische dazu sagen.

Das aber soll Ihnen als Spender doch Wurscht sein, Sie verbuchen die Spende doch über Ihre Steuernummern.

Frank erkennt selbstverständlich die Ziffern-Dreher und bemerkt für sich:

"offenbar 'Intel inside'. Bill Gates, Du Schlitzohr, ick hör Dir trapsen"! das Finanzamt hat offenbar auf Windows-Quatsch umgestellt. Frank soll das egal sein, hat er sich doch vor kurzem endgültig in Feindschaft von IBM, Microsoft und damit zusammenhängender Idiotie getrennt. Nun muss Frank doch wenigstens nicht mehr Registrierungs- Nummern wie

02K2509600290

600324

040-5841181

079600037003D

und weiteren Nummernunsinn verwalten.

Einen Lichtblick sieht Frank in Bezug der Steuernummern. Seine Kfz- Steuernummer ist mit der Nummer auf seinem Nummernschild seines Fahrzeuges HH-MA 333 identisch und Frank wundert sich, ist doch sein BMW 320i Coupé nicht als solcher erkennbar, wie kann die Steuer ihm einen Steuerbescheid schicken?. Wie sinnig sinniert Frank vor sich hin, 'Ist das ein Fehler der Finanzverwaltung?'.

Frank sinniert vor sich hin und macht sich an die Arbeit alle die, die Steuern betreffenden Dateien auf allen seinen Rechnern in allen die Steuer betreffenden Dateien zu ändern. Nach 2-tägiger Arbeit lässt sich Frank im Nächstliegenden Rock- Café volllaufen, besteht aber auf einer Quittung, um den Betrag der Kosten des Besäufnisse irgendwie, unter welcher Nummer weiß Frank noch nicht, geltend zu machen. Die Quittung trägt die Nummer 23032000.

Frank denkt am nächsten Tag an die Steuernummer 12/065/85946 unter Sonderausgaben w. g. Sonderkosten diese Sonderkosten geltend zu machen.

Die Verwaltung seiner Steuernummern obliegt Franks Steuerberater und seine Klientel-Nummer ist: Augenblick mal, Frank muss suchen. Nach nur sieben Minuten hat er sie: 1479-243-33/55697. Frank muss nun seinem Steuerberater alle neuen Steuernummern Bekanntgaben, er tut das per Fax und hofft, dass keine Zifferndreher vorkommen und besäuft sich wieder, wieder gegen Quittung diesmal unter der Nummer 12042000. Frank beschließt diese Nummer unter 40/352/59110 zu verbuchen.

Frank bestätigt ausdrücklich die Richtigkeit aller Angaben, er kann aber nicht ausschließen, dass Zahlen- Zifferndreher vorkommen können.

Schon am nächsten Tag, Frank ist noch nicht ganz nüchtern, findet er in 40/352/59110 eine Rechnung der Firma Numatik aus 37621.
Frank stellt fest:
Er hat eine Kundennummer 1762/0427794/1998 von Numatik erhalten und er soll nun unter der Rechnungsnummer 000044257-221/02 für die Artikel mit den Nummern
712443-588243/22
1978324017400-1
224433
19732271423756-04-02-167
4736433299711
bezahlen.
Da die Artikel keine Namens-Bezeichnungen tragen muss Frank rätseln. Was mag nur 224433 sein und bedeuten? Frank findet nach stundenlanger Suche, er hat längst die Artikel, geliefert unter der Lieferschein-Nummer 227214652394726 erhalten, heraus: 224433 = eine Nirostaschraube M 12 x 60. Der Rest ist unverständlich, die Rechnung ist und bleibt unverständlich.

Frank passt sich nun endlich den modernen Gegebenheiten an. Es fällt ihm in seinem hohen Alter von 39 Jahren wirklich nicht mehr leicht. Und er erweitert die modernen Schreibweisen in seiner weise.

In formaler Schreiberei treten nur ein paar Wörter auf.

Betr.:, Anlage, w. g., Widerspruch, Mängel, Retoure , Unter-schrift

Frank der Mathematiker definiert nun eine, *seine*, Ziffernfolge für die Begriffe:

0712:= Betr.:
412247:= Anlage
002:= w. g.
1473H:= Widerspruch
27146:= Mängel
1002:= Retoure
34067215:= Unterschrift

Auf die Vergabe von Nummern für nichts sagender Floskeln wie
'Sehr geehrte Damen und Herren'
'Mit freundlichen Grüßen' u.a.
verzichtet Frank, und ist froh nicht mehr lügen zu müssen.

Nun schreibt Frank einen Brief an Firma Numatik indem er die nicht definierbaren 4 angeblich gelieferten Artikel reklamiert:

1498627773   04066245-177

Numatik

37621   01.04.1998

0712 1762/0427794/1998 227214652394726

1002   002 27146
712443-588243/22
1978324017400-1
19732271423756-04-02-167
4736433299711

412247

34067215
     4672616E75

Die Unterschrift formuliert Frank in ASCII (hexadezimal) und
überlegt nun ob er von nun an nur noch in ASCII (hexadezimal)
schreibt. Mit ein bisschen Training wird er sich schnell daran
gewöhnen.

Von der Firma Numatik hört Frank niemals wieder irgendetwas, wie er erwartet hat. 'Sollen die doch ihren Nummernquatsch auseinander puzzeln.'

Von nun an wird Frank (albern(e)) Texte nur noch in Nummern- Ziffernfolgen schreiben.

Frank freut sich schon auf den Tag, an dem zum ersten Mal seine Passnummer mit einer Artikelnummer verwechselt wird, oder seine Postfachnummer als seine Kontonummer interpretiert wird, oder ein Widerspruch als Unterschrift gewertet wird, oder ....

Bekanntschaften

Den Anfang macht Kate

Ein Mann im Alter von Anfang 40 sitzt offensichtlich gelangweilt auf der Terrasse eines international berühmten Cafés im Zentrum einer 2-Millionenstadt, von ihm als Dorf empfunden, an einem wunderschönen späten Morgen Mitte Mai rum und trinkt einen Kaffee, Pharisäer, das versteht sich von selbst.

Er befindet sich in der FREIEN UND HANSESTADT HAMBURG im Alsterpavillon am Jungfernstieg mit Blick auf die Binnenalster, wie dieser künstliche, teichartige Teil des Flusses Alster genannt wird.

So gelangweilt ist er gar nicht, er will über ein Problem im Zusammenhang eines laufenden Projektes nachdenken. In seinem Büro fällt ihm das zurzeit schwer, zu schwer. Er kann sich nicht hinreichend konzentrieren, da jeder der aufgebauten Gedankengänge immer wieder durch äußere Störungen: Telefone, Faxe, Klingelei, Polizeihubschrauber, Martinshörner und anderen unsinnigen Lärmquellen unterbrochen werden.

Der Mann heißt Georg Krüger. Seit fast einem Jahr läuft er nur noch völlig durchgestylt rum.

Das Styling kommt ausnahmslos von ihm, er wird sich niemals stylen lassen. Davor hat er sich wenig Gedanken über sein äußeres Erscheinungsbild gemacht. Georg hat immer das getragen was einfach, bequem und lässig ist; Bluejeans oder normale Hose (aber doch bitte keine karierte Bundfaltenhose), adidas, Hemd oder T-Shirt, Lederjacke oder Sakko.

Georg ist nun geistig cool geworden, nachdem er endlich die Bedeutung des Wortes 'cool' glaubt verstanden zu haben.

Georg trägt heute, wie immer wenn er ausgeht, schwarze Stiefel, schwarze Wrangler Jeans, ein weißes neutrales T-Shirt, eine schwere Motorradlederjacke, eine dunkle Designerbrille und keinerlei Haare, es sei denn jemand will eine Dreitages – Glatze als Haartracht oder sogar als Frisur betrachten.

Er trägt dieses Outfit gern, aber der eigentliche Hintergrund dieser aggressiven Aufmachung ist ein Abschreckungseffekt. In dieser Aufmachung wird es wohl kaum ein Straßenräuber inklusive der Polizei wagen ihn anzugreifen, zumal er offensichtlich effektive Waffen mit sich herumträgt.

Eine Dame tritt an Georgs Tisch und fragt ob der Platz frei ist. Georg bekommt das gar nicht so richtig mit, irgendwie scheint die Dame Georgs Verhalten als Zustimmung aufzufassen und setzt sich an Georgs Tisch. Georg nimmt das kaum war, ebenso ihr mühsames Rufen nach einem Kellner, ebenso ihre Bestellung, ebenso die Anlieferung ihrer Bestellung. Was Georg aber mitbekommt ist ein äußerst scharfer und schmerzhafter Tritt eines spitzen Schuhes gegen sein linkes Schienbein. Auch wenn der Tritt schmerzhaft war, beherrscht er sich 'cool bleiben', schaut auf, unterbricht seine Gedanken und kuckt etwas verwundert sein Gegenüber an. Sein Gegenüber ist eine Dame, eine äußerst attraktive Dame, die Georg auf etwa 10 Jahre älter als er selbst ist einschätzt und ihn energisch verschmitzt anlächelt. Georg begreift sofort. Er war unbewusst sehr, sehr unhöflich wie er erkennt, er steht auf, verneigt sich leicht, nimmt seine dunkle Brille kurz ab und stellt sich als Erwin vor und entschuldigt sich mit einer nichts sagenden Floskel, warum weiß er eigentlich gar nicht ganz genau, und setzt sich wieder. Georg beschließt: er nennt sich heute Erwin, komme was wolle.

Die Dame schaut Erwin alias Georg sichtlich amüsiert an. Sie stellt sich nicht vor. Erwin glaubt sie glaubt er müsste sie erkennen, er kennt sie aber nicht.

Sie macht den Versuch ein Gespräch anzufangen.

»Entschuldigen Sie bitte, ich bin fremd in dieser Stadt, Sie scheinen aber wegen Ihrer Aussprache, nicht wegen Ihres Outfits, Eingeborener zu sein.

Können Sie mir sagen wo ich hier ein pinkfarbenes, flottes Seiden-T-Shirt erstehen kann?«

Erwin kann sich gerade noch verkneifen zu sagen: "WOOLWORTH ist schräg gegenüber am Rathausmarkt, circa 300 m SOO.", er kennt den Laden doch gar nicht von innen da er kein Kunde von WOOLWORTH ist, nur um die Dame loszuwerden.

Erwin entscheidet sich aber anders, indem er so charmant, oder besser, das was er für charmant hält, sagt:

»Exklusive Läden, die so etwas haben dürften, finden Sie schräg gegenüber in der Straße Neuer Wall. Da finden Sie Unger und Jil Sanders. Die werden Sie sicherlich befriedigen können.«

'Wie unterhält man sich bloß mit einer Dame' sinniert Erwin vor sich hin, 'was wird von mir in meinem Leben noch alles von mir verlangt?'

Ladys, Damen, Frauen, Weiber, Tussis sind Erwin geistig fremd. Er kann ihr Verhalten einfach nicht verstehen. Erwin und Frauen passen einfach nicht zusammen. Erwin kann einen Sinn von Fingernägellackiererei, Lippenstiftauftragerei, Dauerwellen, Rouge, Face-Bodylifting, Schmuckbelasterei (Ohrringe, Ketten, Armbänder, Ringe etc.), literweise Chanel 5 (hier ist nicht ein Fernsehkanal gemeint) im Gebrauch, et cetera nicht begreifen, er kann auch Männer nicht begreifen, die Nasenringe, Dauerwelle und Regenschirme tragen. Tragen die Regenschirme wegen ihrer Dauerwellen oder Dauerwelle weil sie gern mit einem Regenschirm gehen. Erwin wird das niemals begreifen.

Sein Gegenüber an seinem Tisch des Alsterpavillons sieht erschreckend natürlich aus. Extrem gepflegt, teure Klamotten, aber nicht irgendwie aufgemotzt; sie wirkt irgendwie einfach *natürlich*. Auch ihr Gesicht ist irgendwie entspannt und frei und offen und intelligent, ohne jedes erkennbare Make-up. Erwin sinniert: wie schreibt man make up in neudeutsch. Erwin mag die Frau, sie gefällt ihm sehr, sie wirkt irgendwie noch natürlich.

»Würde es Ihnen etwas ausmachen mich dorthin zu begleiten?«, und nun wird sie provokant in dem sie sagt: »Selbstverständlich gegen angemessene Bezahlung, falls Sie das möchten.«.

Erwin ist perplex, er dreht sich um, hinter ihm ist aber niemand und er folgert: *er* ist gemeint.

Erwin schiebt reichlich angemessenes Geld für seine und ihre Zeche unter seine Untertasse und sagt so lässig wie er kann: »Gehen wir.«. Erwin ist soeben als Bodyguard engagiert worden.

Nach dem Verlassen des Alsterpavillons bemerkt Erwin zu seiner Partnerin »Wir müssen schräg den Jungfernstieg, so heißt diese Straße, überqueren.« und grinst wegen des Namens.

(Uralter Hamburger Witz: Der Jungferstieg heißt Jungfernstieg weil dort noch niemals ein Jungfrau gesehen wurde.)

Sie hakt sich bei Erwin ein, Erwin führt sie schräg über den Jungfernstieg, den kleinen albernen Zaun von 80 cm Höhe in der Mitte der Straße überspringen sie locker. Erwin hilft seiner Begleiterin.

»Gehen Sie immer so?« fragt sie.

»Ja, selbstverständlich, das ist der sicherste Weg um in diesem Dschungel zu überleben!«.

Sie sieht ihn fragend an. An der nächsten Kreuzung zeigt Erwin seiner Begleiterin das Verfahren:

»Betritt niemals in dieser Stadt bei 'Grün' einen Fußgängerüberweg, Du wirst sofort von Abbiegern überfahren', schauen Sie mal hin.« Das seltsame Paar steht Ecke Jungfernstieg - Neuer Wall. Sie kann sich Erwins Argument nicht ganz verschließen. Erwin hakt nach:

»Hamburger, ich meine nicht die Überfremdung durch Quitches, sind italienischer, spanischer als Sie glauben. Einen Quitche können Sie von einem Hamburger an jeder Ampel unter scheiden. Ein Hamburger geht über eine Straße wenn er ohne Gefährdung Anderer gehen kann, mediterran, ein Quitche starrt dümmlich auf rot-grün und wundert sich wenn er bei grün übergebrettert wird.« Erwin grinst, 'wenn der sich noch wundern kann'.

»Aber wenn die hiesige Polizei einschreitet?«

»Da lach ich mich halb tot.« begegnet Erwin lässig und er tut weltmännisch.

»Ihr Strafzettel wird mich niemals erreichen, ich hab da so meine kleinen Tricks. Das ist hier wie mit der Steuer, kleine Köder auslegen, alle Beamten mit Nonsens beschäftigen und damit die gesamte Verwaltung blockieren, so macht man das. Hier ist man italienischer als in Italien. Die kommen niemals dahinter was wirklich läuft. Die Verwaltung hier braucht mindestens 4 Jahre um ein Bußgeld geltend zu machen, dann ist ein Bußgeldanspruch aber längst verjährt.

Das ist der Grund warum diese Stadt *FREIE* UND HANSESTADT HAMBURG heißt. Selbst-ernannte 'Obrigkeiten' werden hier von den Eingeborenen weitestgehend ignoriert. Leider wird sich mit der zunehmenden Überfremdung nicht immer an die einheimische Ordnung sprich Auffassung von Freiheit gehalten. Sie werden es kaum glauben. Jeden Fremden kann ich an seinem Verhalten sofort erkennen. Der Rathausmarkt hieß mal Adolf-Hitler-Platz.«

»Nun habe ich wirklich den Eindruck, dass ich mir den richtigen, einzig wahren Stadtführer ausgesucht habe.« sagt sie und hakt sich bei Erwin wieder unter, enger als vorher. Erwin beschließt die Dame innerlich Kate zu nennen, wird sie aber niemals mit diesem Namen anreden.

In knapp 5 Minuten erreicht das seltsame Paar Kate-Erwin alias Kate- Georg Krüger das Modehaus Unger.

Kate findet was sie gesucht hat und kauft etliche, auch nichtpinkfarbene Fummel, Erwin steht lässig aufmerksam gerade herum mit ernster wichtiger aber unbeteiligter Miene. Als Kate ihn fragend anschaut nickt er kurz, und hofft, dass er das nicht alles bezahlen soll. Kate regelt das, Erwin darf tragen.

»Ein Paar Schuhe brauche ich noch. Wo finde ich ein ordentliches Schuhgeschäft? Sie haben doch noch etwas Zeit!« fragt Kate ihren Schatten Erwin.

Erwin schlägt Salamander am Jungfernstieg (schon wieder) vor. Nach dem Kauf von 3 Paaren Schuhen, Erwin hat 'ein Paar' in Erinnerung, Groß- Kleinschreibung ist phonetisch nicht zu unterscheiden und führt zu Missverständnissen, geht das Shopping erst richtig los. Kate möchte dies kaufen, Kate möchte jenes kaufen, Erwin berät Kate wo sie was bekommt. Erwin darf immer mehr tragen.

Aus dem Entgegenkommen, Kate mal eben zum Neuer Wall zu führen, wird ein Einkaufstrip, den Erwin immer weiter belustigt und er lässt sich auf dieses Spiel ein. Es interessiert ihn nun langsam und er hat Zeit. Erwin denkt 3 Stunden zurück: 'Was hast du da gedacht? Weiber kannst du nicht begreifen. Was finden Frauen am Shopping nur so geil?'

Das seltsame Paar Kate-Erwin betritt Laden für Laden, Kate kauft irgendetwas, Erwin kuckt gar nicht mehr hin, er spielt immer mehr den Bodyguard und den Träger für Kate, er trägt eine immer ernstere, finstere Miene auf, was Kate sehr zu ihrer Belustigung zur Kenntnis nimmt.

Es wird 19:00 als Kate nur noch einen Mont Blanc Füllfederhalter erstehen will. Erwin empfiehlt Schacht & Westrich im Hanse Viertel, nicht zuletzt weil Kate und Erwin sich in der Nähe befinden.

Kate ersteht was sie haben wollte, lässt sich den Füllfederhalter als Geschenk einpacken und Erwin darf tragen, er steckt das Objekt als Sonderbehandlung in seine innere Jackentasche.

»Die Geschäfte schließen in wenigen Minuten, das war's für heute.« hofft Erwin schon in Anbetracht der umfangreichen Tüten und Paketen, nicht schwer doch voluminös, die er mit sich herumträgt.

Kate lädt Erwin nun zu einem Abendessen ein und fragt: »Sollten Sie nicht Ihrer Frau Bescheid sagen. Sie wartet sicherlich auf Sie.«

»Ich bin nicht verheiratet, Sie brauchen gar nicht auf meinen Ring zu schielen, aus guten Gründen trage ich einen Ehering von Zeit zu Zeit als reines Blendwerk.«

»Ich bin da klassischer,« entgegnet Kate »ich bin verheiratet und trage meinen Ehering *nur* in Gegenwart meines Ehemannes.«.

Kate und Erwin können sich vor lachen kaum noch aufrecht halten.

Als sich beide wieder beruhigt haben fragt Erwin: »Was möchten Sie denn essen, worauf hätten Sie Appetit?«

»Auf eine richtige örtliche Spezialität!«

»Da kommt nur Hamburger Aalsuppe in Betracht, sonst gibt es hier eigentlich keine Spezialitäten. Wiener Schnitzel, Burger, Steaks, Pizzas et cetera bekommen Sie weltweit überall.«

»Auf geht's, Aalsuppe ist jetzt mein Geschmack.« 'Meiner nicht' denkt Erwin vor sich hin.

Erwin hält das nächste Taxi an und gibt Order: "Richtung Fischmarkt bitte". Es dauert ein bisschen bis er alle Einkäufe von Kate, die er ja weiter mit sich herumträgt verstaut hat, und grübelt. Er kann sich nicht an den Namen des Fischrestaurants erinnern, auch nicht an den Straßennamen wo er hin will und sagt zum Chauffeur »Fahren sie bitte zum 'gelben Haus von Pinnasberg', von da werde ich Sie dirigieren.«.

»Das gelbe Haus vom Pinnasberg gibt es tatsächlich? Den Film habe ich gesehen. Ich hielt das für einen Phantasienamen.«

»Glauben Sie mir bitte, die Reeperbahn gibt es auch, nur sie ist ganz anders als sie in Filmen und Büchern dargestellt wird: heutzutage laaaaaangweilig. Udo Lindenberg hat recht. Unter uns, da gibt es noch nicht einmal mehr Straßen-Nutten.«

»Stopp.« ruft Erwin als er eine Filiale seiner Bank, Hamburger

Sparkasse entdeckt, er muss noch etwas Geld besorgen.

Erwin findet ohne Schwierigkeit das gesuchte Fisch-Spezialitenlokal: 'Fischereihafen Restaurant' in der Große Elbstraße, nur das Beste kommt in Frage. Kate wird etwas mulmig wie Erwin bemerkt, als sie die Gegend sieht und er denkt: 'Kate muss schon mal in der Bronx gewesen sein'.

»Sie brauchen keine Angst zu haben, diese Gegend ist eine der sichersten in Hamburg. Wir sind hier nicht am Schulterblatt oder am Mümmelsmannsberg.«

»Eigenartige Namen haben Sie hier in Ihrer Stadt.« bemerkt Kate, und Erwin bemerkt: »Es gibt hier auch eine 'Hohe Luft'.« und grinst.

Kate und Erwin dinieren ausgiebig im 'Fischereihafen Restaurant'. Aalsuppe, Finkenwerder Scholle und Krabbensalat. Erwin bezahlt und Kate steck ihm den Betrag mit bankunüblichen Zinsen wider Erwins Willen zu.

»Nun lade ich Sie aber zu einem Glas Wein ein.« sagt Erwin und bestellt ein Taxi zurück in die City und hofft die lauschige Weinstube im Kalkhof ist noch vorhanden. Auch das gelingt und Kate und Erwin verbringen dem Abend dort und klönen wie man das in Hamburg nennt unverbindlich ohne jeden Austausch von Individualitäten. Erwin kennt immer noch nicht den Namen von Kate.

Gegen 23:00 will Kate aber in ihr Hotel »Sie wissen sicherlich wo!« sagt sie und Erwin glaubt »Gleich um die Ecke, dahin gehen wir eben zu Fuß.« und strebt mit den umfangreichen Einkaufstüten und Paketen auf das 'Hotel Vier Jahreszeiten' zu.

»Falsch geraten.« neckt Kate Erwin »Ich hause im Atlantic.«.

Erwin muss wieder alle Einkäufe von Kate schultern, ein Taxi suchen und sich mit Kate in das in Sichtweite liegende Hotel Atlantic fahren zu lassen.

Schon zwangsläufig, des umfangreichen Einkaufs von Kate wegen, betritt Erwin ihr Zimmer und legt endlich die Einkaufstüten und Pakete ab.

»Sie bleiben doch über Nacht.« sagt Kate schmeichelnd bestimmt und Erwin kann schlecht nein sagen.
Es wird wunderschön bis Erwin gegen 4 Uhr im Morgengrauen mit Kate im Arm einschläft.

Als Erwin gegen 10 Uhr aufwacht ist Kate längst verschwunden, das Hotelzimmer ist leer. Erwin findet lediglich auf seinem Nachttisch ein Kuvert mir der Aufschrift 'Danke für Alles' mit einer unleserlichen Unterschrift und DM 800.- Inhalt.
'Nach welchem Tarif hat sie dich denn bezahlt' grübelt Erwin alias Georg.
DM 800.- = Stundensatz * Stunden + Spesen + Auslagen + Lustgewinn - Spesen - Auslagen - Frust?, egal, rein netto hat Erwin einen recht amüsanten Tag hinter sich mit einem steuerfreien Nettoertrag von circa DM 600.- und rechnet einen Stundensatz von DM 30.- zurück. Nicht gerade berauschend, und deutlich weniger als er in seinem Job verdient. Nun muss sich Erwin aber zur Ordnung rufen. 'Netto verdienst du keine DM 30.- /Stunde', und freut sich hämisch, dass die Steuer und der Sozialklimbim wieder mal leer ausgehen. Ist Erwin nun Schwarzarbeiter? und freut sich.
Erwin verschwindet durch den Hinterausgang des Atlantic, wobei er bemerkt, er hat noch den in Geschenkpapier eingewickelten Mont Blanc in seiner Tasche. 'Wenn das man gut geht.' denkt Erwin.
Kate irgendwie ausfindig zu machen scheitert, das Hotel Atlantic ist diskret. So behält Erwin den Mont Blanc als Andenken, er wird ihn sicherlich nie benutzen. Bleistifte sind einfacher, es bleibt dabei!

Georg krempelt nun sein Leben um und nennt sich nur noch Erwin.

Sein Job als Techniker langweilt ihn seit Jahren. Erwin meldet sich in seiner Firma gelegentlich 'krank', und legt prompt 2 Tage später ein Attest über ein nicht zu diagnostizierendes Rückenleiden vor. Auch 'leidet' er unter allerlei Allergien. Seifen-, Grün-Pflanzen, Bio- Kost und Telefon- Allergien hat Erwin, es gibt *Nichts* wogegen Erwin nicht allergisch reagiert wenn er allergisch reagieren will, und grinst.

Erwin ist doch nicht von gestern. Er kennt alle Tricks. Erwin muss sich selber wieder mal zur Ordnung rufen:

'Nein, alle Tricks kennst du nicht, aber fast alle' beschwindelt er sich in dem vollen Bewusstsein, dass er sich täglich mit immer neuen Betrügereien in dieser Gesellschaft auseinandersetzen muss.

Alle Klassiker wie, blinde Bettler, die alles können nur nicht, nicht sehen, sind abgehakt. Erwin wird sie niemals Betrüger nennen. Er reiht sie in die Illusionisten wie Harry Houdini oder David Copperfield ein.

Falschgeld ist auch nicht gerade neu.

Einen Tag nach Einführung des EURO wird schon wieder reichlich 'Falschgeld' im Umlauf.

Umwege von Taxifahrern sind wirklich ein 'alter Hut'.

Etwas neuer an Betrügereien sind seine Stromrechnungen. 4 x im Jahr den Tarif ändern und den Stromverbrauch dann einschätzen.

Man muss Parkgebühren auf einem völlig leeren Parkplatz zahlen, nur weil da irgendwo ein Schild steht.

Verträge können formuliert werden, wehe dem jemand fordert daraus sein Recht. Dies gilt insbesondere für mangelhafte Produkte in Zusammenhang mit Werbung / Werbeversprechen.

Erwin fällt doch nicht darauf rein, glaubt er. Mit Sicherheit fällt er auf 'Volksaktien' nicht herein, in die maroden (Staats)- Betriebe wird Erwin niemals eine DM oder in 3 Jahren einen EURO investieren.

Wählen tut Erwin schon lange nicht mehr. Die Wahlversprechungen entlarvt Erwin allesamt als Betrugsmanöver, da sie niemals eingelöst werden. An die permanenten Betrügereien der Politiker Tag für Tag in den Medien verbreitet mag Erwin gar nicht mehr denken.

Und was sich die Raider in immer neuen OPAs (offre publiqued achat) ausdenken ist für Erwin uralt, da kann er nur gähnen. Wehren kann sich Erwin nur schwer gegen die fortlaufenden illegalen Manipulationen an Lebensmitteln die mit falsch deklarierten Abfällen produziert werden; gestern Hühnereier, dann Fische, dann Nudeln, dann Rindfleisch, dann Mayonnaise, dann Äpfel, dann Schweinefleisch, dann wieder Rindfleisch; was Morgen?

Keiner der Betrüger wurde jemals verurteilt! 3 Tage später ist alles wieder vergessen, nur die körperlich Geschädigten brauchen etwas länger.

Auch die massivste Betrügerei die Erwin kennt, bleibt ungeahndet. Erwin meint die coole Enteignung der gesamten Bewohner der DDR nach der Übernahme der DDR durch die BRD. Es wundert Erwin nicht, sind doch die Nutznießer der Betrügereien, die selben Leute wie die Initiatoren der 'Wende'.

Erwin überlegt nun. "Wenn es gelingt, so einen Vorgang wie mit Kate, 3, 4, 5 mal im Monat zu praktizieren, kannst du deinen albernen unnützen Idioten-Job an den Nagel hängen. Dein Job besteht doch nur aus der Mithilfe zur Herstellung immer Sinn-leererer Produkte, die letztlich niemand braucht und deren Herstellung die Natur als eigentliche Lebensgrundlage, gerade auch des Menschen, immer weiter zerstört."

Erwin heckt einen Plan aus.

Er wird rein sportlich seine Freizeit damit verbringen potente Weiber, die auf Macho-Typen stehen, aufzureißen.

Er wird sich aggressiv präsentieren, zur Schau stellen an den Orten wo potente Frauen aufzufinden sind. Teuerste Hotels, Bars, Cafés und Läden und er wird cool sein.

Für ihn selbstverständlich ohne jeden Reklamerummel, nur er selbst.

Er will in immer extremerem Outfit herumlaufen, immer sauber und gepflegt, immer teure Markenklamotten tragen und warten, was passieren wird.

Erwin interessiert sich nun für Maskenbildung, Kosmetik, Mode, Weiber - Psychologie, alles was ihm bislang so fremd und unnütz vorkam.

Auf geht's. Erwin sitzt Tag für Tag in Bars und Cafés herum und tut unbeteiligt. Erwin vernachlässigt seinen Job als Techniker immer mehr, er meldet sich immer häufiger 'krank' und hofft insgeheim, dass seine Firma ihn irgendwann feuert.

Erwin wird tatsächlich gelegentlich von Damen angesprochen, die offenbar ein Abenteuer suchen. Der Ablauf ist zunächst immer der Selbe: Eine Frau spricht Erwin an, Erwin wird innerlich erwartungsfroh und gibt sich äußerlich lässig 'cool'.

Die Erwartung der Frauen an Erwin sind außerordentlich unterschiedlich. Die eine möchte wissen wie man sich so als Macho fühlt, eine andere möchte Sex sofort, möglichst noch an Ort und Stelle, eine andere benötigt einen Mann wie Erwin um sich am Abend auf einer Party in der Szene zur Schau zu stellen, eine andere findet es schick einen finster aussehenden Mann einen halben Meter hinter sich zu wissen, und was noch so vorkommt. Manchmal nimmt eine Frau Erwin eine Stunde in Anspruch, manchmal weit länger, bis zu 2 Tagen.

Auch von Transvestiten wird Erwin gelegentlich angesprochen; Erwin winkt ab, er kann Männer und Frauen auseinander halten, ein Blick auf einen Hals genügt. Schwul ist Erwin nun wirklich nicht.

Was Erwin wenig gelingt ist: für seinen Job, und so empfindet er seine Tätigkeit, eine Bezahlung zu fordern. Er nimmt das was ihm angeboten wird, und was ihm in Art von Trinkgeld zugesteckt wird.

Das genügt nicht, davon kann Erwin nicht leben, auch wenn er dafür keine Steuern bezahlt.

Nach einem Jahr voller Erfahrungen mit allein herumlaufenden Damen wagt Erwin den Sprung in die Selbstständigkeit.

Er muss kommerziell arbeiten und in jeder 'Beziehung' das Finanzielle vorab klären.

Erwin wird Unternehmer.

Erwin kündigt seinen langweiligen Job und eröffnet eine one-man-Agentur für 'Frauenbedürfnisse' und meldet sich behördlich an. Ordnung muss sein, Erwin wird Spießer. 'Women's-lip' nennt er seinen Betrieb.

Er wird zunächst nur sich selbst vermitteln, da ist er sich sicher.

Erwin richtet ein kleines Büro in zentraler Lage am Gänsemarkt ein, und hofft, dass die Einrichtung nicht zu sachlich wirkt aber auch nicht zu verspielt aussieht. Irgendwie versucht Erwin den Raum so zu gestalten, dass Kundinnen sich nicht abgestoßen fühlen. Ein bisschen sachlich, ein bisschen anheimelnd, nicht nur weiß- grau-schwarz wie er das mag, ein wenig rot und rosa kommt rein und ein bisschen grün in Form von Pflanzen.

Erwin schaltet unterschiedlichste Anzeigen in ganz unterschiedlichen Medien. Gelbe-Seiten, Tageszeitungen, Szene-Magazinen und Stadtführern. Auch versucht Erwin Handzettel in Hotels unter zubringen. Wenigsten versteckt an den Rezeptionen, Erwin ist dort bekannt geworden und er ist wirklich niemals geizig gewesen.

Der Inhalt der Werbungen für seine Firma / Agentur 'Women's-lip' ist recht unterschiedlich, mal bietet er Dienste als Bodyguards an, mal als Stadtführer, mal als Stadtführer mit besonderen Diensten, mal als Begleitpersonen für alle Gelegenheiten, mal als Privatchauffeur, mal bietet er spezielle Dienstleistungen an et cetera.

Erwin schreibt immer im Plural.

Erwin gibt die Idee nur finsteres Outfit zu tragen auf. Nun kauft er Kleidung für sich von lässig sportlich über Broker-Design-grauen-Anzug, über blauen Zweireiher, bis hin zum Smoking. Bärte und Perücken müssen auch für jederlei Anwendungszweck her.

Erwin erstellt als Autodidakt nun eine Fotomappe zusammen. Immer er:

Erwin in Lederklamotten mit Glatze, in Lederklamotten mit Bart, in Lederklamotten mit Langhaar Perücke, bis hin zu Erwin im Smoking mit Glatze, im Smoking mit Bart, im Smoking mit Langhaar Perücke.

278 Fotos archiviert Erwin in einer repräsentablen Ledermappe. Auf manchen Bildern erkennt er sich selbst nicht wieder. Was soll's, Erwin will für jeden Frauengeschmack für alle Gegebenheiten und Gelegenheiten gerüstet sein.

Erwin kauft auch einen semi-Luxuswagen, gebraucht versteht sich.

Nun ist Erwin pleite.

Die einzig absehbare Einnahme ist die Rückzahlung der Umsatzsteuer für alle seine getätigten Ausgaben, die Erwin als Vorsteuer in seiner Umsatzsteuererklärung geltend gemacht hat.

Er hockt in seinem Büro und harrt der Dinge die da kommen mögen.

Erwin hat zu tun: Anfragen am Telefon bekakeln, Besucherinnen beraten und manchmal auch einen Job zu erledigen.

Jahrelang betreibt Erwin seinen Job, er nimmt vielfältige Aufgaben wahr.

Er hält sich eben 'so über Wasser', er versteuert nur Einkünfte wenn er eine Quittung ausschreiben muss, das versteht sich im Einklang mit den Steuergesetzen von selbst, die Behörden erkennen nur Angaben an, für die es Belege gibt. S.o.: Erwin ist und bleibt Mediterraner, italienischer als Italiener.

Es ist ein recht interessanter Job geworden, was Frauen alles wollen! Erwin wundert sich. Frauen wird er nie richtig verstehen, komme was wolle!

Doch sein bester Job war Kate, Kate wurde nie übertroffen.

Kate ist nicht zu übertreffen

Grüner-Punkt

Der grüne Punkt ist eine tolle Einrichtung

Seit einiger Zeit wird in Deutschland auf allen? Produkten des täglichen Lebens und anderen Produkten auf der Verpackung ein 'grüner Punkt' nun g.P. genannt, gedruckt. Nach langen Recherchen findet g. m. heraus, nur Umverpackungen (komisches Wort empfindet g. m.) sind gemeint.
Der Duden kennt das Wort und definiert: Umverpackung (für Verkauf od. Transport einer Ware entbehrliche Verpackung), g. m. ist begeistert.
Auf den Inhalt kommt es nicht an, der darf beliebig giftig unsinnig und nicht recycle-fähig sein.
Auf Schnapsflaschen findet g. m. den g.P., ebenso auf Eimern mit Nitrofarben et cetera.
Jede Wette: Deutsche verpacken TNT in Kartons mit g.P.. Es dürfte wirklich niemanden wundern, wenn Deutsche auf einen Castor-Behälter einen g.P. pappen.

Der g.P. ist offenbar eine *rein* deutsche Erfindung.
Liebe Schweden, liebe Dänen, liebe Niederländer, liebe Franzosen, liebe Engländer, liebe Spanier, liebe Italiener, und alle anderen sympathischen Nationen lasst doch den Deutschen den g.P., ihr seid doch zu intelligent um so ein 'Patent' zu erwerben.
Lasst doch den deutschen ihre Ticks. Eigenartig ist schon, dass eine Kirchensteuer erhoben wird, wieder rein deutsch, noch eigenartiger ist, dass Atheisten Mohammedaner und andere Gläubige Kirchensteuer an die römisch katholische Kirche entrichten müssen. Es gibt reichlichen Blödsinn in Deutschland. (g. m. empfiehlt deutsche Gesetzbücher zu lesen.)
Der g.P. ist mitnichten ein grüner Punkt, er nennt sich nur so.
Es handelt sich hierbei offenbar um ein Symbol vermutlich nach irgendeiner einer DIN.

Die Gestaltung dieses Symbols g.P. ist äußerst primitiv insbesondere wenn man an Recycling denkt.
Es handelt sich hierbei offenbar um ein kreisförmiges Symbol bestehend aus 2 Pfeilen unterschiedlicher Farbgebung.
Gelegentlich findet man über dem g.P.- Symbol ein im Bogen angeordneten Schriftzug ' DER GRÜNE PUNKT' im Schrifttyp Schrift Avalon oder ähnlich.
Selten findet man unter dem Symbol g.P. eine Nummer, die dann als Bogen oder gerade unter dem g.P.- Symbol angeordnet ist.

Der komplette g.P. scheint g. m. dem folgenden Bild zu entsprechen:

in den Farben kack-grün-dunkel und kack-grün-hell, Schriften in kack-grün-dunkel.

Der g.P. wird selten in dieser Farbkombination gedruckt / gefertigt.

Dagegen wird der g.P. gefertigt in vielfältiger Farbkomposition mit Schriften, ohne Schriften und in offenbar beliebiger Größe auf unterschiedlichsten Materialien Papier, Plastik- u. Metallfolien, Glas etc..

Auch geprägt findet man den g.P.te vor, in Aluminium und Plastik, leider hat g. m. noch keinen in Glas geprägten g.P. vorgefunden.

Wer g.P.te druckt wird sich überlegen müssen wie er sie druckt.

Ganz schlecht: Drucken in o. g. Kack-Farben wenn extra in diesen Farben gedruckt werden soll, (wer benutzt schon für seine Produktkennzeichnung Kack-Farben).

Schon besser: Drucken des g.P. in vorhandenen Farben, die im Druckbild des Produktes vorkommen.

Noch besser: Drucken auf ohne g.P. bedruckter Fläche unter Benutzung als 1. Farbe des g.P. vorhandener Untergrund mit 2. Farbe im Druckbild des Produktes vorkommen. Dies angewendete Verfahren spart Farbe und kommt evtl. als einzigem Verfahren dem Sinn Sparen von Ressourcen und Recycle-Fähigkeit am nächsten.

Optimal: Keinen g.P. drucken!

Wer muss eigentlich den g.P. auf seine Verpackung drucken unter welchen Bedingungen, Gebühren, Verwaltung etc.ist
g. m.völlig unklar, und das soll es auch bleiben.

Weise wäre für g. m.:

Nur Zulassung vollständig recycle-fähiger Verpackungsmaterialien bei Gleichzeitigem sparsamen Umgang mit den Ressourcen.

Als wohl einer der Ersten sammelt g. m. seit einiger Zeit systematisch g.P.te.

Auf Grund der Vielfalt der Fertigung der g.P. in Farbkompositionen, Größe, Material et cetera, ist sammeln wirklich der Mühe wert.

Und wer heute lacht hat morgen das Nachsehen, g. m.s Sammlung dürfte mittlerweile erheblichen Wert haben. Spott kann g. m. ertragen, die ersten Briefmarkensammler ernteten auch nur Hohn und Spott.

Was für g. m. den g.P. so wertvoll macht ist doch letztlich der Sinn des g.P.. Einen Sinn vermag g. m. nicht zu erkennen. Der g.P. bezieht sich einzig auf die Recycle Fähigkeit der (Um)- Verpackung, die verpackten Produkte dürfen beliebig schädlich, nicht recycle-fähig, unsinnig, beliebig, giftig etc. (freie Marktwirtschaft) sein.

g. m. scheint nicht der einzige zu sein, der den Sinn des g.P. nicht versteht.

Da hat g. m. doch noch einen Rundfunkkommentar in Erinnerung:

'Autos sind heute nur zu 70 % recycle-fähig, daher können Autos keinen g.P. Erhalten'. Erst bei 100 % Recycle-Fähigkeit kann ein Autohersteller den g.P. auf sein Produkt pappen.

Würde dann das Auto als Verpackung des Menschen deklariert?

Auch darüber würde sich g. m. nicht wundern.

Bleibt noch eine interessante rechtliche Frage:

Wenn g. m. aus einer Verpackung den g.P. entfernt und seiner g.P. - Sammlung einverleibt, muss g. m. dann den Rest der Verpackung als Sondermüll, da nun ohne g.P., erklären, oder darf g. m. den Rest der Verpackung einfach in die nächste Müllbox werfen?

Selbstredend wirft g. m. den Rest in die nächste Müllbox, bei Verletzung evtl. Gesetze. Seine Straftat ist wohl im Einzelfall schwer nachweisbar, und g. m. lacht und lacht und lacht.

Briefkästen

Was Jack Nugger aus seinem Briefkasten macht.

Eigentlich braucht Jack Nugger keinen Briefkasten. Er hat aber einen. Sein Briefkasten ist Gegenstand seines Mietvertrages seiner Penthouse-Wohnung. Nugger darf ihn nicht einfach abbauen, das verstößt gegen seinen Mietvertrag und ein Ausbau wird ihm als massiven Vertragsbruch seines Mietvertrages ausgelegt werden können. In seinem Land kann er mit 4 Jahren schwersten Kerker rechnen, wenn er seinen Briefkasten ausbaut und er kann fristlos gekündigt werden.

Jack Nugger ist selbstdiagnostizierter Choleriker. Medizinern traut er aus Erfahrung nicht über den Weg. Endgültig: Nein Danke! 3-mal und nie wieder, Krankenkassen hin, Krankenkassen her. Einen Psychologen/Psychiater würde Jack Nugger nicht einmal im Umkreis von 10 m dulden. Nugger hat keine Tötungshemmung mehr gegen ihn angreifende Menschen?. 'Mediziner schleicht euch ihr unfähiges, betrügerisches Pack!' Nugger würde ausflippen, ausrasten, er kennt sich, wenn ein Mediziner es wagen würde ihn auch nur anzusehen.

Seine ihn betreffenden Diagnosen sind zutreffend, insbesondere sein cholerisches Verhalten.

Jack Nugger nennt das '*psychischen* Hochsprung aus dem Stand'. Diese, seine Disziplin, beherrscht er perfekt. Er würde jede Weltmeisterschaft in dieser Disziplin locker gewinnen, leider gibt es diese Disziplin nicht in Wettbewerbsform.

Das Eigenartige an seinem verhalten ist, Nugger ist sich dessen völlig bewusst, umso nichtiger der Anlass umso größer seine Sprunghöhe.

Nugger darf hier jedoch nicht falsch verstanden werden. Gegebenheiten die *ihn* nicht unmittelbar betreffen nimmt er 'cool' allenfalls zur Kenntnis, den größten Teil der Informationsflut von Medien wie Rundfunk, Fernsehen, Zeitungen, Magazine,

Werbung ignoriert er einfach; schlichtweg.

Rundfunk, Fernsehen, Zeitungen und Magazine sind für Nugger Werbung und daher kaum hörbar, sehbar, lesbar.

Ausbrechende Kriege nimmt Jack Nugger Tag für Tag zur Kenntnis. Er ist tief betrübt, dass immer weiter aufgerüstet wird, immer weitere Kriege angezettelt werden, und kaum ein laufender Krieg jemals beendet wird, werden kann. Er ist tief betrübt, und trauert um die ermordeten Kinder, Frauen und Zivilisten, und auch über sinnlose Zerstörung von Sachgütern der zivilen Bevölkerung.

Mörder, Kinder- und Frauenschänder nimmt Nugger zur Kenntnis und begreift das Wort Humanität immer besser: Kriege, Bestialität unterscheidet den Menschen von der restlichen Fauna. Im Tierreich gibt es so etwas Humanes wie Zerstörung der eigenen Lebensräume nicht, Mord schon gar nicht. Was sind Tiere dumm!?

Gold und Edelsteine haben nur für Menschen in Nuggers Lebensraum eine, irrationale, Bedeutung. Nugger hat längst begriffen: 'Gjold kannste nit fresse'.

Für Nugger nicht, er kann sich nur schwer damit abfinden, dass immer schneller die Natur zerstört wird, weil immer luxuriöser gelebt werden soll und amüsiert sich über die Definition von Luxus: *Verschwendungssucht, Prunksucht!* Wie er im Duden als Definition findet.

Was Nugger wirklich nervt, ist der unsinnige Kleinkram mit der er sich von anderer, Dritter, Seite ununterbrochen belästigt sieht. 8 m schafft Jack Nugger nun im '*psychischen* Hochsprung aus dem Stand'. Das ist nicht nur persönliche Bestleistung, Weltrekord ist das; jede persönliche Bestleistung von Nugger ist automatisch auch neuer Weltrekord. Irgendwann wird Nugger einen Eintrag im Guinnes-Book-of-Records beantragen.

Leider muss Nugger sich ständig um seinen Briefkasten kümmern. Sein Briefkasten braucht fast genauso viel Pflege wie seine Katze. Nugger muss mittlerweile mehr Zeit für seinen Briefkasten aufwenden als für seine Küche.

Wenn er Tag für Tag seinen Briefkasten entleert flippt Nugger aus, jeden Tag ist sein Briefkasten voll. Die Deckenhöhe der Eingangshalle in seinem Haus ist nur 3.46 m hoch, somit stößt sich Nugger Tag für Tag den Kopf. Die Schäden an der Decke der Eingangshalle sind auch nicht mehr zu übersehen.

Voll ist der Briefkasten von Nugger, *ausschließlich* mit Müll!

Im statistischen Mittel findet Jack Nugger in seinem Tag für Tag im voll gestopften Briefkasten vor:

48.64 %   Werbezettel

44.21 %   Werbesendungen

7.14 %   Unsinnsbriefe mit Versicherungsquatsch, Telefonquatsch, Wasserquatsch, Stromquatsch, Mietquatsch, Steuerquatsch, Staatsquatsch, Fernsehquatsch, Krankenquatsch, Rentenquatsch et cetera, et cetera.

Auch wer diese Briefe nicht als Quatsch oder Unsinn ansieht, wird sich damit konfrontiert sehen, dass nachgewogen im Mittel 73.58 % überflüssiges Papier versandt wurde.

Armer Waldbestand, arme Menschen die immer weiter immer schneller Wälder holzen um immer groteskeren Blödsinn zu Papier zu bringen.

0.01 %   wenigstens kein Quatsch.

Trotzdem kommt ausnahmslos <u>Alles,</u> was in Jack Nugger's Briefkasten landet, ungeöffnet und somit ungelesen in die Müllbox.

Nugger muss Tag für Tag seinen vollen Briefkasten leeren, zur 51.4 Meter entfernten Müllbox gehen, Müll zu Müll fügen und 51.4 Meter zum Ausgangspunkt zurückgehen.

Irgendwie nervt ihn das und Nugger sucht Auswege.

Nugger wird radikal! Nugger blockiert seinen Briefkasten-Schlitz total, da kann noch nicht einmal eine Briefmarke eingesteckt, eingeworfen werden.

Nugger klebt ein Etikett mit der Aufschrift

Einwurf jeder Art strengstens verboten

an seinen Kasten.

Genützt hat ihm das wenig. Seine Post, die er nicht haben will, wird einfach auf den Fußboden abgelegt. Nugger's Hoffnung, dass das, auch von Nugger bezahlte, Reinigungspersonal die Müllentsorgung vornimmt, erweist sich als Fehleinschätzung. Die Eingangshalle wird wie jeden Tag geputzt und von jeder Art Müll befreit, nur nicht von dem Müll mit der Aufschrift
Herrn Jack Nugger.

Der wird fein säuberlich an die Wand gestellt, fein säuberlich gestapelt. Nugger tut nix. Der Stapel wird Tag für Tag größer. Erste Beschwerden gehen bei Nugger ein, die Nugger völlig ignoriert. Eine Woche später findet Nugger einen Stapel Post vor seiner Penthouse - Tür. Es hilft Nugger nichts, er muss sich den Stapel Unsinnspapiere schnappen, 18 Stockwerke mit dem Fahrstuhl ins Erdgeschoss fahren, zur 51.4 Meter entfernten Müllbox gehen, Müll zu Müll fügen und 51.4 Meter zurückgehen und wieder mit dem Lift in den 18. Stock fahren. Einen kleinen Erfolg hat Nugger ja schon erzielt, es ist nicht mehr ganz so viel wie vorher zu entsorgen und er muss diesen Weg nur einmal die Woche machen. Das kann Nugger jedoch nicht durchhalten, er muss auf Grund der Beschwerden seinen Briefschlitz wieder öffnen.

Jack Nugger gibt sich nicht zufrieden, er will eine totale Lösung.

Nun wird die Müllentsorgung in seinem Briefkasten zu einer geistigen, technischen, logistischen Herausforderung, für Nugger zu einem Sport. Zu irgendetwas muss Post doch gut sein.

Die Spielregeln die Nugger aufstellt sind einfach.
Jack Nugger : Mülllieferanten.

Wenn es einem Mülllieferanten Y gelingt Nugger irgendeinen Müll zuzustellen gewinnt Y, ansonsten verliert Y obwohl Y nie erfahren wird, dass er verloren oder gewonnen hat.

Nugger verliert, Nugger gewinnt, irgendein Y gewinnt, irgendein Y verliert.

Nugger probiert etliche Strategien. Nugger versucht es mit verschieden Beschriftungen an seinem Briefkasten:

Jeglicher Einwurf streng verboten.
Zuwiderhandlungen werden strengstens bestraft,
§§ 149, 612,1004 Jack-Nugger- Recht.

Liebe Post: Hier bitte keine Briefe einwerfen.

Jede Sendung wird kostenpflichtig an den Absender zurückgesandt.

Annahme jeglicher Post wird verweigert.

Nichts greift wirklich, Jack Nugger findet nach wie von in seinem Briefkasten reichlich Müll vor. Mehr als vor seinen Aktivitäten. Nugger bekommt langsam mit, dass Mitbewohner seines Hauses nun ihren Müll in seinen Kasten stecken.
Wie auch immer, Nugger geht den 102,8 m Weg zur Müllbox hin und zurück nur noch, 2-mal in der Woche, komme was wolle.

Jack Nugger verfolgt andere Strategien um den Problem 'Müll in seinem Briefkasten' Herr zu werden.
Jack Nugger verschweigt, leugnet seine Anschrift, und lässt alle öffentlichen Einträge löschen. Er gibt nur noch seine Telefonnummern und seine Fax Nr. bekannt.
Nugger muss aber erkennen: rund um die Uhr werden ihm nun Faxe zugesandt und er muss schon wieder sortieren und den Weg zur Müllbox gehen. Tag für Tag 18 Stockwerke mit dem Fahrstuhl ins Erdgeschoss fahren, zur 51.4 Meter entfernten Müllbox gehen, Müll zu Müll fügen und 51.4 Meter zurückgehen und wieder mit dem Lift in den 18. Stock fahren. Er kann diesen Müll einfach nicht in seiner Wohnung ertragen.

Das ist ein eindeutiger Rückschritt im Sinne des Nugger und er codiert sein Fax - Gerät so, dass es keine Faxe mehr annimmt.

Er spendiert keine Fax-Thermo-Papierrollen mehr. Nugger wird nun Pfennigfuchser, nein nach der Einführung de EURO wird Nugger Centfuchser, Nugger wird immer moderner.

Ankommende Faxe in der auf ihn zukommende 'Flut' liest Nugger eh nicht, genau sowenig wie Briefsendungen.

Rein aus akademischer Sicht und Interesse veröffentlicht Nugger nun seine Emailadresse.

Nun wird es noch schlimmer: Die Flut ihn erreichende E-Mails ringt Nugger nieder.

Werbung, Werbung, Werbung mit immer größeren Peinlichkeiten. Kein Tag vergeht an dem ihm nicht etliche Kinderpornos angeboten werden.

Jack Nugger löscht die Briefe sofort. Nicht der Verbreiter von Kinderpornos werden rechtlich belangt, nein, wer Kinderpornos hat kann belangt werden, Richter interessieren sich mit Sicherheit nicht dafür ob sie ihm unaufgefordert zugesandt wurden.

Jeden Tag muss Nugger nun auf seine Kosten seine E-Mails abrufen, lesen und selbstredend 2 x löschen. Nugger der selbsterklärte Centfuchser grinst und kündigt seine E-Mail und Nugger sinnt auf Rache.

Jack Nugger gibt sich nicht zufrieden, er will eine totale, radikale Lösung.

Nicht nur für ihn sondern für alle Gleichgesinnten.

Hardware muss her.

Der Müll muss sofort beseitigt, der Müll muss sofort in den Ökokreislauf zurück.

Eines hat Nugger längst begriffen: das Produzieren von Müll und das Verkaufen von Müll ist nicht verboten, nein es wird staatlich gefördert, es schafft angeblich Arbeitsplätze.

Die Idee, dass Müll sofort beseitigt und in den Ökokreislauf zurückgeführt werden sollte, veranlasst Nugger zu Briefkasten-Konstruktionen.

Die Idee ist einfach.

Ankommende Post steckt der Postbote in einen Briefschlitz mit direkt dahinter liegendem Reißwolf mit feinem Häckselwerk. Der Briefträger wird sich daran gewöhnen, gewöhnen müssen. Danach soll alles automatisch ablaufen.

Als Entsorgungseinheiten sieht Nugger 3 Möglichkeiten vor:

1.   Müllsack
2.   Rohrpostsystem mit Anschluss an die nächste Müllbox
3.   Verbrennung entweder direkt oder mit Rohrpostleitung
       zur nächsten Heizungsanlage.

Die Schemata entnehmen Sie der folgenden Skizze.

Entsorgungssäule

Je nach Brief Müllaufkommen muss der Müllsack gewechselt werden. Ein 'normaler', Haushalt dürfte mit einem Müllsack ca. 1 Jahr lang auskommen. Nugger empfiehlt trotzdem Müllsäcke einzusetzen, die einfach auf die Straße geschoben werden dürfen. Der Benutzer erspart sich das Müllsack-schleppen zur Müllbox.

Jack Nugger bevorzugt die Konstruktion unter 2. (Rohrpostsystem mit Abschluss an die nächste Müllbox).

Leider kann Nugger keine seiner Konstruktionen in seinem Briefkasten verwirklichen, sein Vermieter verweigert ihm jede Art Umbauten an seinen oder Nugger Briefkasten. Jack Nugger will hier keinen jahrelangen Rechtsstreit initiieren und findet sich damit ab, 1 mal die Woche Post-Müll per Pedes zur Müllbox zu tragen und nimmt die 102.8 m als Sport und fängt an seine Zeiten zu messen. Sein Rekord liegt nun schon bei 1:17.072 Minuten!

Interessenten für Nugger's Konstruktionen mögen sich unter seiner geheimen Emailadresse kill-brief@hase.li wenden. Sie werden umgehend individuell beraten.